Unmögliche Interviews

Italo Calvino

Luigi Malerba

Umberto Eco

Giorgio Manganelli

Edoardo Sanguineti

Guido Ceronetti

Alberto Arbasino

Leonardo Sciascia

ITALO CALVINO ALBERTO ARBASINO
EDOARDO SANGUINETI UMBERTO ECO
LEONARDO SCIASCIA GIORGIO MANGANELLI
LUIGI MALERBA GUIDO CERONETTI

Unmögliche Interviews

Mit: *Pythagoras*, *Antoni Gaudí*, *Sigmund Freud*, *Maria Sophie von Neapel*, *Plinius*, *Pellegrino Artusi*, *Ludwig II. von Bayern* und dem *Neandertaler*

Verlag Klaus Wagenbach Berlin

Aus dem Italienischen von
Renate Heimbucher
Den Dialog von Umberto Eco
übersetzte Burkhart Kroeber,
den von Luigi Malerba Elke Wehr

Die Autoren zeichnete Tullio Pericoli

Wagenbachs Sommerbuch 1996

Verlag Klaus Wagenbach, Ahornstraße 4, 10787 Berlin
Umschlaggestaltung Rainer Groothuis
unter Verwendung einer Illustration von Cathrin Günther
Gesetzt aus der Borgis Janson Antiqua Linotype
Gedruckt und gebunden bei Clausen & Bosse, Leck
Einbandmaterial von Herzog, Beimerstetten
Printed in Germany.
ISBN 3 8031 3041 7

INHALT

Italo Calvino

ITALO CALVINO
Alles war schon da: Der Neandertaler

CALVINO Ich spreche zu Ihnen aus dem malerischen Neandertal in der Nähe von Düsseldorf. Um mich eine wilde Landschaft aus Kalkfelsen. Meine Stimme hallt wider von den Wänden natürlicher Höhlen und denen von Steinbrüchen, die die Hand des Menschen schuf. Bei Arbeiten in diesen Steinbrüchen stieß man im Jahr 1856 auf einen der ältesten Einwohner dieses Tals, der sich hier schon vor 35 000 Jahren niedergelassen hat. Es ist der Neandertaler – wie er nach diesem Ort genannt wurde. Ich bin hierhergekommen, um ein Interview mit ihm zu machen. Herr Neander – mit diesem Kurznamen werde ich ihn während des Interviews anreden – ist, wie Sie vielleicht schon wissen, etwas mißtrauisch, ja geradezu mürrisch – schließlich ist er ja auch nicht mehr der Jüngste –, und aus seinem internationalen Ruhm scheint er sich nicht viel zu machen. Er hat sich dennoch freundlicherweise bereit erklärt, für unsere Sendung einige Fragen zu beantworten. Da kommt er schon, in seinem typischen, leicht schaukelnden Gang, und blickt mich unter den vorstehenden Brauen prüfend an. Ich nutze schnell die Gelegenheit, eine erste indiskrete Frage an ihn zu richten, die sicher viele unserer Hörer interessieren wird: Herr Neander, haben Sie damit gerechnet, einmal so berühmt zu werden? Ich meine, nach dem was man so weiß, haben Sie in Ihrem Leben nie etwas Besonderes getan, und doch waren Sie mit einem Schlag eine so bedeutende Persönlichkeit. Wie erklären Sie sich das?

NEANDER Das sagst du! Warst du vielleicht da? Ich weiß, daß ich da war. Du bestimmt nicht.

CALVINO Schon gut, Sie waren hier. Ja, und ... Sie meinen, das genügt?

NEANDER Ich war schon da.

CALVINO Das scheint mir eine nützliche Präzisierung. Das Verdienst Herrn Neanders wäre also weniger die bloße Tatsache, hier zu sein, sondern *schon* hier zu sein, schon damals hier gewesen zu sein, vor so vielen anderen. Die Priorität ist in der Tat eine Eigenschaft, die Herrn Neander keiner streitig machen will. Jedoch ... wie neuere Forschungen ergeben haben – und wie Sie, Herr Neander, wohl auch selbst bestätigen können – sind auf verschiedenen Erdteilen Spuren, recht zahlreiche sogar, aus noch früherer Zeit gefunden worden, die von menschlichen Wesen stammen, sozusagen von menschlichen Menschen.

NEANDER Mein Vater ...

CALVINO Noch weiter zurück, bis zu einer Million Jahre vorher ...

NEANDER Meine Großmutter ...

CALVINO Ihre Priorität, Herr Neander, wird Ihnen wohl niemand abstreiten können, aber es handelt sich sozusagen um eine relative Priorität: sagen wir, Sie sind der erste, der ...

NEANDER Immer noch eher als du ...

CALVINO Einverstanden. Aber das ist doch nicht der springende Punkt. Ich wollte sagen, Sie waren der erste, der von denen, die nach Ihnen kamen, für den ersten gehalten wurde.

NEANDER Das denkst du. Erst ist da noch mein Vater ...

CALVINO Nicht nur er, sondern ...

NEANDER Die Großmutter ...

CALVINO Und vor ihr? Aufgepaßt, Herr Neander: die Großmutter Ihrer Großmutter ...!

NEANDER Nein.

CALVINO Was heißt hier nein?

NEANDER Der Bär!

CALVINO Der Bär! Ein totemistischer Ahnherr! Wie Sie soeben gehört haben, betrachtet Herr Neander den Bären als seinen Stammesvater, und sicher ist der Bär das Totemtier, das seinen Clan, seine Familie symbolisiert!

NEANDER Deine! Zuerst ist der Bär da, dann geht der Bär hin und frißt die Großmutter ... Dann bin ich da, dann gehe ich hin und schlage den Bär tot ... Dann esse ich ihn auf, den Bär.

CALVINO Gestatten Sie einen Augenblick, daß ich unseren Hörern die wertvollen Informationen erläutere, die ich gerade von Ihnen erhalten habe. Zuerst ist der Bär da, wie Sie

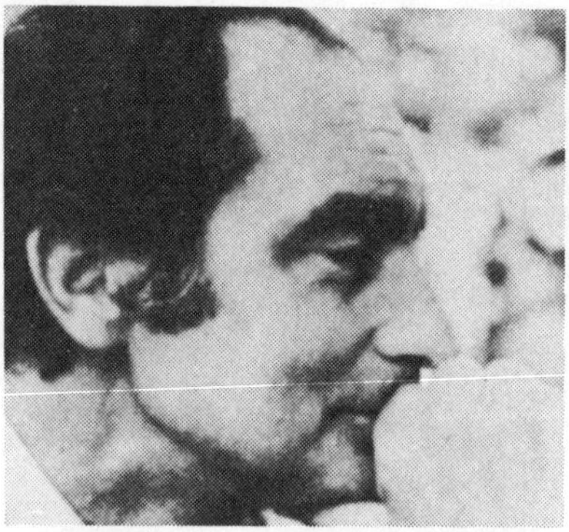
Italo Calvino

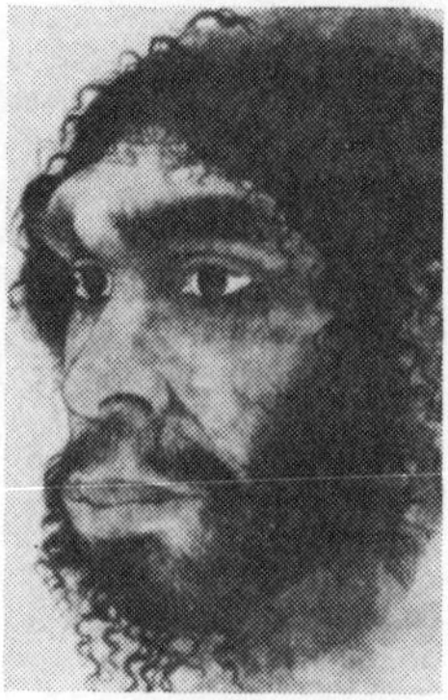
Neander

sehr richtig gesagt haben. Sie haben damit die Priorität der rohen Natur, der biologischen Welt herausgestellt, die die Kulisse bildet – nicht wahr, Herr Neander? – die prachtvolle Kulisse für den Auftritt des Menschen; und in dem Augenblick, wo der Mensch sozusagen die Bühne der Geschichte betritt, beginnt das große Abenteuer des Kampfes mit der zunächst feindlichen, dann allmählich unserem Willen unterworfenen Natur – dieser jahrtausendelange Prozeß, den Herr Neander in der dramatischen Szene der Bärenjagd so eindrucksvoll beschworen hat: wie in einem Mythos vom Anfang unserer Geschichte . . .

NEANDER Ich war da. Nicht du! Der Bär war da. Wo ich hingehe, kommt auch der Bär hin. Der Bär ist überall, wo ich bin, und wenn ich nicht da bin, ist er auch nicht da.

CALVINO Haben Sie das gehört? Wie mir scheint, umfaßt Herrn Neanders geistiger Horizont nur eben den Teil der Welt, der im Bereich seiner unmittelbaren Wahrnehmung liegt. Ereignisse, die in Raum und Zeit weiter entfernt sind, bleiben von der Vorstellung ausgeschlossen. Der Bär ist da, wo ich den Bären sehe, sagt er, wenn ich ihn nicht sehe, ist er auch nicht da. Diese Beschränkung wollen wir von nun an bei unserem Interview berücksichtigen. Wir werden also keine Fragen mehr stellen, die die – so ist es doch wohl? – intellektuellen Fähigkeiten seines noch rudimentären Entwicklungsstadiums übersteigen . . .

NEANDER Das bist du. Was redest du? Was weißt du

schon? Das Essen, nicht? Der Bär rennt hinter dem Essen her, und ich renne hinter dem Essen her. Die flinken Tiere erwische ich besser, und die großen Tiere erwischt der Bär besser. Verstanden? Und dann nimmt sie entweder der Bär mir weg, oder ich nehme sie dem Bären weg. Verstanden?

CALVINO Völlig klar, einverstanden, Herr Neander. Sie brauchen sich gar nicht aufzuregen. Es handelt sich hier, sagen wir einmal, um einen Fall von Symbiose zwischen zwei Spezies, nämlich einer Spezies der Gattung Homo und einer Spezies der Gattung Ursus oder besser um eine Art biologischen Gleichgewichts, wenn man so will: mitten im grausamen und erbarmungslosen Kampf ums Überleben kommt hier, wie durch stillschweigende Übereinkunft...

NEANDER Und dann bringt entweder der Bär mich um, oder ich bringe den Bär um...

CALVINO Da bricht schon wieder der Überlebenskampf aus, sehen Sie, der am besten Angepaßte triumphiert, nicht einfach der Stärkste – Herr Neander hat zwar etwas kurze Beine, ist aber sehr muskulös –, vor allem triumphiert der Intelligenteste, und Herr Neander besitzt trotz seiner nach hinten gewölbten, fast waagrechten Stirn erstaunliche geistige Fähigkeiten... Ich möchte Ihnen jetzt folgende Frage stellen, Herr Neander: Gab es einmal einen Zeitpunkt, wo Sie befürchteten, die Gattung Mensch könne unterliegen – Sie verstehen mich doch, Herr Neander? –, ich meine ganz und gar von der Erde verschwinden?

NEANDER Meine Großmutter... Meine Großmutter auf der Erde...

CALVINO Wieder kommt Herr Neander auf diese Begebenheit zurück, die wohl eine traumatische Erfahrung in seiner oder besser in *unserer* Vergangenheit war...

NEANDER Der Bär auf der Erde... Ich habe den Bär gegessen, nicht du.

CALVINO Gerade das wollte ich Sie fragen: Gab es einen Augenblick, wo Sie das ganz sichere Gefühl hatten, daß die Gattung Mensch den Sieg davontragen würde, die Gewißheit, daß der Bär aussterben würde und nicht wir, weil nichts unseren Lauf würde aufhalten können; und daß eines Tages Sie, Herr Neander, unseren Dank verdienen würden, ich meine den Dank der auf ihrem höchsten Entwicklungsstand angelangten Menschheit, den Dank, den ich Ihnen heute über dieses Mikrophon ausdrücken möchte ...

NEANDER Mmm ... Wenn es etwas zu laufen gibt, laufe ich ... Wenn es etwas zum Stehenbleiben gibt, bleibe ich stehen ... Wenn es den Bären zu essen gibt, bleibe ich stehen und esse den Bären ... Danach laufe ich und der Bär bleibt liegen, hier ein Knochen auf der Erde, dort ein Knochen auf der Erde ... Hinter mir sind die anderen, die nach mir kommen, laufen bis dahin, wo der Bär ganz still liegt, dann bleiben sie stehen und essen den Bären ... Mein Sohn beißt in einen Knochen, mein anderer Sohn beißt in einen Knochen, ein anderer Sohn beißt in einen anderen Knochen ...

CALVINO In diesem Augenblick läßt uns Herr Neander an einem der Höhepunkte im Leben eines Jägerstammes teilhaben: am rituellen Festschmaus nach einer geglückten Jagd.

NEANDER Meine Schwägerin beißt in einen anderen Knochen, meine Frau beißt in einen anderen Knochen ...

CALVINO Wie Sie aus Herrn Neanders Munde selbst hören konnten, bedienten sich die Frauen beim Festmahl als letzte, was das Eingeständnis der gesellschaftlichen Unterlegenheit bedeutet, in der die Frau gehalten wurde.

NEANDER Deine! Zuerst bringe ich meiner Frau den Bären, meine Frau macht Feuer unter dem Bären an, dann gehe ich Basilikum sammeln, dann komme ich mit dem Basilikum zurück und sage: Sag mal, wo ist denn der Bärenschenkel?, und meine Frau sagt: Den hab ich gegessen, ich mußte doch probieren, ob er nicht noch roh war, oder?

CALVINO Bereits in der Gemeinschaft der Jäger und Sammler herrschte also, wie aus dem Bericht des Herrn Neander hervorgeht, eine klare Arbeitsteilung zwischen Mann und Frau.

NEANDER Danach gehe ich Majoran holen, dann komme ich mit dem Majoran zurück und sage: Sag mal, wo ist denn der andere Bärenschenkel? und meine Frau sagt: Den habe ich gegessen, ich mußte doch probieren, ob er nicht schon angebrannt ist. Und ich sage zu ihr: Weißt du, wer jetzt Oregano holen geht? Du gehst, sage ich zu ihr, den Oregano holst jetzt du!

CALVINO Aus dieser köstlichen kleinen Familienszene können wir eine Menge Informationen über das Leben des Neandertalers gewinnen: erstens die Kenntnis des Feuers und sein Gebrauch zum Kochen; zweitens das Sammeln von Gewürzkräutern und ihre kulinarische Verwendung; drittens den Genuß von Fleisch in großen Einzelportionen, was den Gebrauch von ausgesprochenen Schneidewerkzeugen, also ein fortgeschrittenes Stadium der Steinbearbeitung voraussetzt. Wir wollen aber von unserem Interviewpartner persönlich hören, was er uns zu diesem Punkt zu sagen hat. Ich werde die Frage so formulieren, daß sie ihn in seiner Antwort nicht beeinflußt: Herr Neander, diese Steine hier, die hübschen Kieselsteine, die Felsbrocken da, von denen so viele herumliegen . . . haben Sie noch nie versucht, damit zu spielen, sie vielleicht gegeneinander zu schlagen, um zu sehen, ob sie wirklich so hart sind?

NEANDER Was redest du da vom Kieselstein? Weißt du denn, was du mit dem Stein machst? Dang, dang, mache ich damit, dang! Du nimmst den Stein, ja? legst ihn auf den dicken Felsbrocken, nimmst den anderen Stein, schlägst drauf, fest, dang! Einen kräftigen Schlag! Los! Auah! So quetschst du dir den Finger! Dann lutscht du an deinem Finger, dann hüpfst du herum, dann nimmst du den Stein da, legst den anderen Stein wieder auf den Felsbrocken und dang! Siehst du, wie er sich in zwei Teile gespalten hat, ein dickes Stück und ein dünnes Stück, eins nach der einen Seite, das andere nach der anderen Seite gekrümmt, du nimmst das in die Hand, was gut in der Hand liegt, so herum, das andere nimmst du in die andere Hand, so, und machst deng! Verstehst du? Genau an der Stelle machst du deng! Los! Auah! Da hast du dir die Spitze in die Hand gebohrt! Dann lutschst du an deiner Hand, hüpfst auf einem Bein im Kreis herum, dann nimmst du das Steinstück wieder in die Hand, das andere Steinstück nimmst du in die andere Hand und deng! Schon ist dir ein kleiner Splitter ins Auge gesprungen, auah! Du reibst dir mit der Hand das Auge, gibst dem Felsbrocken einen Tritt, nimmst das dicke und das dünne Steinstück wieder in die Hand und deng! du läßt gleich daneben noch einen kleinen Splitter herausspringen, deng! und noch einen, deng! und noch einen, deng! Siehst du, da wo sie herausspringen, bleibt eine schöne, runde Kerbe nach innen, dann noch eine, und noch eine, und so weiter, rundherum, und dann auch auf der anderen Seite, deng, deng! Siehst du, wie es schön rund herauskommst, sauber sauber, scharf scharf...

CALVINO Wir danken unserem...

NEANDER ... dann haust du mit kleinen Schlägen drauf, ding, ding! und läßt ganz feine Splitterchen herausspringen, ding, ding! Siehst du, wie viele kleine Zacken herauskommen, ding, ding!

CALVINO Wir haben sehr gut verstanden, im Namen unserer Hörer danke ich unserem...

NEANDER Gar nichts hast du verstanden! Jetzt kannst du hier draufhauen, dong! und genauso kannst du dann auf der anderen Seite draufhauen, dung!

CALVINO Dung! Sehr richtig, gehen wir zur nächsten...

NEANDER So kannst du den von allen Seiten bearbeiteten Stein schön in die Hand nehmen, und dann fängt die Arbeit erst richtig an, denn dann nimmst du einen anderen Stein und legst ihn auf den Felsbrocken und dang!

CALVINO Und so weiter, und so weiter, ganz klar, das Wichtigste ist der Anfang. Kommen wir zur...

NEANDER Eben nicht, wenn ich erst einmal angefangen habe, kann ich nicht mehr aufhören, immer liegt ein Stein auf dem Boden, der mir besser erscheint als der erste, und dann werfe ich den ersten weg und nehme den da, und deng, deng! und von den Stücken, die dabei rauskommen, sind viele zum Wegwerfen und viele sind noch besser zum Bearbeiten, also mache ich mich an die, ding, ding! und dann stellt sich heraus, daß ich aus diesen Steinbrocken alles machen kann, was ich will, und je mehr Kerben ich mache, desto mehr andere Kerben kann ich machen, wo ich eine gemacht habe, mache ich zwei, und dann mache ich in jede dieser Kerben zwei andere Kerben, und zuletzt zerbröckelt alles, und ich werfe es auf den Haufen zu den anderen zerbröckelten Stücken. Der Haufen auf dieser Seite hier wächst und wächst, aber auf der anderen Seite habe ich ja noch den ganzen Berg aus Stein, den ich zu Splittern machen kann.

CALVINO Nachdem uns Herr Neander die monotone, nervenaufreibende Arbeit beschrieben hat...

NEANDER Monoton bist du! Monoton! Kannst du vielleicht Kerben in Steine hauen, lauter gleiche Kerben, kannst du monotone Kerben machen? Nicht? Na also, was redest du dann da! Ich kann es! Und seitdem ich damit angefangen habe, seitdem ich gemerkt habe, daß ich einen Daumen habe – siehst du meinen Daumen? Den strecke ich nach der einen Seite, und die anderen Finger strecke ich nach der anderen Seite, und dazwischen kommt ein Stein in die Hand, die ich schön fest zudrücke, damit er mir nicht ausrutscht; seitdem ich gemerkt habe, daß ich den Stein in der Hand halten und damit einen Schlag tun kann, so, oder so, seitdem kann ich das, was ich mit den Steinen mache, mit allem machen; aus den Tönen, die aus meinem Mund kommen, kann ich solche Töne machen: aaa, ppp, nnn, und dann höre ich nicht mehr auf, Töne zu machen, ich fange an zu sprechen und höre nicht mehr damit auf, ich fange an, vom Sprechen zu sprechen, ich fange an, Steine zum Bearbeiten von Steinen zu bearbeiten und inzwischen fange ich an zu denken, ich denke an alles, was ich beim Denken denken könnte, und dann bekomme ich auch Lust, etwas zu tun, womit ich den anderen etwas zeigen kann, zum Beispiel, mir rote Streifen ins Gesicht malen, einzig und allein um zu zeigen, daß ich mir das Gesicht mit roten Streifen bemalt habe, und dann bekomme ich Lust, meiner Frau eine Kette aus Wildschweinzähnen zu machen, einfach um zu zeigen, daß meine Frau eine Kette aus Wildschweinzähnen hat und deine nicht; du bildest dir ein, wer weiß was zu haben, was ich nicht hatte, dabei hat es mir wirklich an nichts gefehlt; alles, was später getan worden ist, habe ich auch schon gestern getan, alles, was gesagt, gedacht und ausgedrückt worden ist, war schon in dem enthalten, was ich gesagt, gedacht und ausgedrückt habe, diese ganze verwickelte Verwicklung war schon da. Ich brauche nur diesen Stein mit dem Daumen und der hohlen Hand zu halten und die anderen vier Finger darumzuschließen, und schon ist alles da; alles was es später gab, hatte ich damit, alles was man später wußte und konnte, hatte ich schon, nicht weil es mir gehört hätte, sondern weil es da war, weil es schon da war, weil es ganz einfach da war, während man es später immer weniger hatte und wußte und konnte, immer ein bißchen weniger als hätte sein können, immer ein bißchen weniger als vorher war, als ich vorher hatte, als ich vorher war; ich war damals wirklich in allem und für alles, ganz anders als du, alles war in allem und für alles, alles was nötig ist, um in allem und für alles zu sein; und auch alles, was es später an Dummheit gab, war schon in diesem deng, deng, ding, ding! Also was redest du überhaupt, für wen hältst du dich eigentlich? Was bildest du dir ein, jemand zu sein, der du doch gar nicht bist; wenn es dich gibt, dann nur weil ich da war und weil der Bär da war und die Steine und die Halsketten und die Schläge auf die Finger und alles, was nötig ist, um da zu sein, und das da ist, wenn es da ist.

GUIDO CERONETTI

Liebe deine Brühe wie dich selbst: Pellegrino Artusi

CERONETTI Brühe! Geheimnisvolles Wort, in dem alles ist, denn alles ist Brühe und alles ist immer dieselbe Brühe! Wir wollen einmal sehen: wie macht man eine richtige Brühe? Mich schaudert, wenn ich *Brühe* sage; vielleicht erschreckt mich, daß sie alles sein kann, Brühe und anderes. Doch habe ich an kühlen und düsteren Tagen ein leichtes Brühlein sehr geschätzt und habe mir in namhaften Kasernen und Konvikten trübes Gebrüh zu Gemüte geführt. Aus Liebe zur Sprache meide ich das Adjektiv *brühisch*, und vor einer abgebrühten Freundin bewahre mich der Himmel. Kein Politiker, der es nicht verstünde, aus allem eine dünne Brühe zu machen und kein Schriftsteller, mag er noch so auf der Hut sein, der sich nicht an dem einen oder anderen Thema die Finger verbrühte. Gewiß ist es zuweilen vergnüglich, brühig zu schreiben, doch ist dies eine Verfehlung, die man teuer bezahlt. Und die Kulturbrühe, welche Plage! Doch genug, wir machen Brühe aus allem.

STIMME VON PELLEGRINO ARTUSI ALS GEIST Warum schlägst du nicht in meinem seit 1891 unvergänglichen Buch *»Die Lehre vom Kochen und die Kunst, gut zu essen«* nach, das doch mit einem Kapitel über *Brühen, Sülzen und Soßen* beginnt, gefolgt von einem über *Brühen mit Einlage?* Dort kannst über Brühen und Suppen alles erfahren, was du noch nicht weißt. Du wirst mit deinen eigenen Händen eine vortreffliche Brühe bereiten können.

CERONETTI Wer bist du, der du mir von Brühe sprichst?

STIMME VON ARTUSI *(aus dem Off)* Ich heiße Pellegrino Artusi und war der liebenswerteste und feinsinnigste Kochbuchautor des überaus fortschrittlichen 19. Jahrhunderts.

CERONETTI Ich habe von dir und deinem Buch gehört ... Vielleicht habe ich es sogar im Haus.

STIMME VON ARTUSI Oh, du hast es bestimmt! Es ist zu berühmt! Es ist in dreitausend Sprachen übersetzt worden.

CERONETTI Jetzt übertreibst du, werter Artusi. Jenes Buch ist die Bibel, nicht die *»Lehre vom Kochen«*.

STIMME VON ARTUSI Mein Buch *ist* die Bibel.

CERONETTI Hör mal ... du bist ein so gesprächiges und freundliches Gespenst, warum materialisierst du dich nicht ein bißchen? Dann können wir von Angesicht zu Angesicht über Brühe und übers Kochen plaudern. Und ich könnte ein paar Zeitungsartikel daraus machen. Die Leser schwärmen fürs Kochen.

STIMME VON ARTUSI Einverstanden ... ich materialisiere mich gern ... aber nur, wenn du mir Hosenträger besorgst ...

ARTUSI Da bin ich. Über Brühe könnte ich stundenlang mit dir reden. Ich identifiziere mich gewissermaßen damit. Hamlet würde sagen: »Brühe, dein Name ist Artusi!«

CERONETTI Gerade dachte ich an eine köstliche Parallele zwischen dem Anfang der Genesis und dem deiner Küchenbibel, mit der du dich als hervorragender Brühograph, als niemals brühiger Mann der Feder erwiesen hast.

ARTUSI Brühograph ... das gefällt mir.

CERONETTI In der Heiligen Schrift heißt es, der Geist des Schöpfers schwebte über den Wassern, bevor er das Licht und all die anderen Dinge schuf, über die wir unsere aufgeklärte Herrschaft ausüben. Die Wasser, von denen die Schrift spricht, waren sicher nicht klar, frisch, süß und gehaltlos, sondern vielmehr trüb, warm und salzig und überaus gehaltreich.

ARTUSI Brühe war's! Die Königin der Königinnen unter den Brühen! Die kosmogonische Brühe! Noch besser mit ein paar Markknochen darin.

CERONETTI Leider gab es noch keine Tiere, die man zu Brühe verarbeiten konnte. Dafür waren in jener Brühe, wie es in der *Summa* des Doctor Angelicus heißt, gleichsam sämtliche künftigen Lebewesen als Möglichkeit schon angelegt, Mammut, Stegosaurus, Prä- und Postdiluviale, Tarzan, Hofzwerge, Noah, die Monroe, Akademiker, Menschenfresser ... Nach unendlich langer Kochzeit werden all unsere Knochen weggeworfen, und übrig bleibt die exquisite Brühe, die man Zivilisation nennt.

ARTUSI Von Brühe zu Brühe ... Von dieser Urbrühe hätte

ich gerne gekostet, um in meinem Buch das Rezept weitergeben zu können, zusammen mit der *Brühe für Kranke* und dem *Eintopf* – eine liebe Erinnerung an die Cholera zu Livorno im Jahre 1855.

CERONETTI Du machst aus allem ein Gericht! Die Urbrühe war ungenießbar.

ARTUSI Mit einem Sträußchen würziger Kräuter hätte ich sie zum Hochgenuß gemacht!

CERONETTI Du glaubst an deine Rezepte mehr als an deinen Schöpfer.

ARTUSI Ich bin ein Schöpfer von Rezepten. Jedem das Seine. Wenn Gott schlechte Brühe macht, Artusi verfeinert sie. Aber wenn du mir Fragen stellen willst, so tust du gut daran, dich zu beeilen. Meine Materialisation wird nicht mehr lange währen.

CERONETTI Du hast, wenn ich nicht irre, die irdische Küche 1911 verlassen, im hohen Alter von einundneunzig, um dich der himmlischen Nüchternheit zuzuwenden.

ARTUSI Ja. Es war ein lauer Frühlingsabend, und ich hatte ein leichtes Mahl, bestehend aus *Froschschenkelsuppe* (Rezept Artusi Nr. 64) und *Wöchnerinnenkeksen* (Nr. 654) zu mir genommen. Um sieben Uhr abends schloß ich sanft die Augen, während mir meine treue Haushälterin – wie immer mit meinem Buch in der Hand – eine *Grießklößchensuppe*, Rezept 23, kochte. Schade ... Gerne hätte ich wenigstens davon gekostet; sie gelang ihr immer sehr gut. Der Knochenmann hat es nicht gewollt.

CERONETTI Du hättest ihn zum Abendessen einladen sollen.

ARTUSI Einladungen lehnt er immer ab, trotz seines unterernährten Aussehens. Ich mag diese hageren Leute nicht.

CERONETTI Eine Einladung von Pellegrino Artusi hätte er vielleicht nicht ausgeschlagen.

ARTUSI Du schmeichelst mir ... Daran habe ich gar nicht gedacht. Aber wenn meine immer noch treuen Leser es ausprobieren wollen ... »Lieber Tod, hole mich nicht mit leerem Magen; wie wäre es mit einem Abendessen im Familienkreis: alles nach Rezepten von Artusi!« Wenn er erst einmal eingewilligt hat, kann er womöglich der Versuchung, alle meine 790 Rezepte durchzuprobieren und dann wieder von vorne zu beginnen und immer so weiter zu schnabulieren, schwer widerstehen. Um ihn sofort in der Hand zu haben, würde ich *Ravioli nach Art der Romagna* (der Reiz der Klassik!) empfehlen, alsdann *Auflauf Signora Adele*, *Gefüllte Zucchini*, *Schmorbraten alla bizzarra* und zu guter Letzt *Äpfel in Gelée*. Falls er schwere Kost nicht schätzt (seine Hand ist aus Eisen, nicht jedoch sein Magen, der Ärmste), ziehe man meine *Krankenkost* zu Rate. Welche Schmach indes, einen Gast wie einen Kranken zu behandeln ...

CERONETTI Kommen wir noch einmal auf das Jahr 1911 zurück. Galt dein Interesse nach jenem Frühlingstag weiterhin der Kochkunst? Hast du neue Rezepte gesammelt?

ARTUSI Eine Zeitlang hat mein Interesse geschlummert. Keiner um mich herum hat je das Wort *Küche* in den Mund genommen, fast als sei es ein unschicklicher Ausdruck, und dann scheute ich mich auch ein wenig, diese blutleeren Gestalten wissen zu lassen, daß ich Pellegrino Artusi gewesen war. Meine *Paradiessuppe* kennt im Paradies keiner. Das betrübte mich. Mein Dasein schien der Kontemplation geweiht, welche weder roh ist noch gekocht, weder in Öl noch in Butter, weder vegetarisch noch fleischlich. Alles sehr geistig, allzu geistig ... Vielleicht sogar ganz schön, aber zu asphyktisch ... Eines Tages kommt der deutsche Dichter Rainer Maria Rilke hier oben an, und die Himmelsverwaltung, die auch nicht mehr Verstand hat als die eure, verfügt, daß er die ersten Jahrtausende in Artusis Gesellschaft zu verbringen habe. Rilke und Artusi, kannst du dir die beiden zusammen vorstellen? Es war nett und freundlich, aber ein gemeinsames Gesprächsthema konnten wir einfach nicht finden, nicht ein einziges. Ich versuchte ihm zu erläutern, wie ich ein schönes Stück Lunge zubereiten würde, er aber dachte sofort an seine Lungenkrankheit und bekam feuchte Augen. Von den Dichtern hätte ich Olindo Guerrini begegnen mögen! Ich wußte Hunderte seiner Verse auswendig! Der *Haßgesang*, das ist Poesie! Dieser Hu ... hat er es gehörig gesagt! Das hätte ich Rilke gern rezitiert, doch im Reich der Liebe zählt es zu den verbotenen Druckwerken. Aber jetzt darf ich mir doch Luft machen: *Auf deinem schwärenden, gekrümmten Leib / werde ich ruhen in Ewigkeit* ... Tausend, drei-, viertausend Jahre mit Rilke ... Wie halte ich das aus?

CERONETTI Wie kam es, daß dich die Leidenschaft für das Kochen erneut gepackt hat?

ARTUSI Kommt ein Engel daher und macht Rilke einen kleinen, überaus milden Vorwurf, indem er (doch mit welcher Anmut!) sein Mißfallen darüber kundtut, daß dieser ihn ohne höchste Erlaubnis zum Engel seiner Elegien gemacht hat. Der arme Rilke hörte gar nicht mehr auf zu schluchzen ... Um ihn zu trösten, beschrieb ich ihm, wie ich meine *Gesundheitskekse* und mein *Pistazieneis* zu machen pflegte. Er war wie zu neuem Leben erweckt ... So muntere ich also Rilke ab und zu, wenn er sehr deprimiert ist, mit irgendeiner Phantomspeise auf, ausgewählt unter denen, die keinen Widerwillen bei ihm hervorzurufen vermögen. Ich betätige mich also mehr als Krankenpfleger denn als Koch. Allerdings beobachte ich auch, was sich bei euch tut, und habe die verschiedenen Phasen der weltweiten Ernährungsrevolution verfolgt, die von der Industrie vorangetrieben wird, den öffentlichen Kantinen, von Tiefkühl- und Fertigkost und der zunehmenden Neigung der Leute, ein einziger, zäher, brodelnder, urbaner Brei zu werden. Das hat mir die Lust ein wenig verdorben ... Zudem hat sich infolge des langen Aufenthalts in den mittelhimmlischen Gefilden eine leichte Trübung meiner toskanisch-romagnolischen, positivistischen, in der Klassik verwurzelten, der Erde, der Tradition, dem Wechsel der Jahreszeiten verhafteten Geistesschärfe eingestellt; Artusis berühmter gesunder Menschenverstand ist verflogen, und an seine Stelle ist ein unberechenbares, unklares Etwas getreten, das meine neuen Rezepte zweifelhaft werden läßt.

CERONETTI Hast du viele von diesen neuen Rezepten?

ARTUSI An die zweihundert werde ich bisher gesammelt haben. Alle saft- und kraftlos, ohne Basis und Mittelpunkt, für mich indes von großem Wert, weil sie mir helfen, nicht zu leben. Sobald ich fünfhundert beisammen habe, werde ich die »*Neue*

»Warum materialisierst du dich nicht ein bißchen?«
»Einverstanden ... ich materialisiere mich gern ... aber nur, wenn du mir Hosenträger besorgst ...«

Lehre vom Kochen und die Kunst, weniger gut zu essen« verfassen (das Wort schlecht darf bei uns nicht benutzt werden) – ein zu Recht abschreckender Titel, denn reiche Genüsse wird man diesen Rezepten nicht abgewinnen können. Im übrigen gibt es in unserer Welt weder Verleger noch Drucker; der Zustand der Glückseligkeit ist das Nicht-Lesen, das Nicht-Schreiben ... Gutenberg sitzt in der Hölle, den Bauch voll Blei. Ja, im Reich der Finsternis und der Verdammnis wird alles gedruckt, in ungeheuren Auflagen! Und es muß sogar gelesen werden! Weißt du, wieviele Romane in jedem Quartal zum *bedeutendsten des Jahres* erklärt, zum *Bestseller der Saison* ernannt, zum *aufsehenerregendsten literarischen Ereignis der Nachkriegszeit* proklamiert werden? Achtzehntausend. Und der Verdammte muß sie alle lesen und dann dem Verfasser schreiben und sie auch noch rezensieren! Aber damit noch nicht genug. Hinzu kommen die universitären Produkte, die furiose Flut der politischen Essays, die Undergroundpresse, die Wiederentdeckung der tot und begraben geglaubten Klassik. Wer erbarmt sich dieser verlorenen Seelen? Sie schleppen sich herum mit Romanbrocken im Mund, scheiden kaum verdaute Strukturalismusklumpen aus, unter unablässigen Peitschenhieben und schrillen Pfiffen, während bestialische Stimmen sie anbrüllen: lies! lies alles! und man sie mit Gewalt auf die scharfen Spitzen des Antiromans stößt, eiserne Fäuste sie zur Lektüre Brechts zwingen, Nagelschuhe sie über einem tausendseitigen Lateinamerikaner festhalten. Mögest du diesem grausamen Los entgehen!

CERONETTI Ich bin ein guter Mensch . . . ich tue niemandem etwas zuleide . . .

ARTUSI Das genügt nicht . . . es gibt sonderbare Richter.

CERONETTI Du hast mich tief erschüttert. Heitere mich mit einem deiner neuen Rezepte auf.

ARTUSI Bittesehr: *Rüben sauer.* Man nehme einige Rüben . . .

CERONETTI Wieviele?

ARTUSI Fünftausend.

CERONETTI So viele?

ARTUSI Siehst du, wie leicht ich durcheinanderkomme? Zweitausend wollte ich sagen. Die Rüben werden in Wasser gekocht, geschält, kleingeschnitten und mit etwas Öl und Zitrone angemacht.

CERONETTI Das ist alles?

ARTUSI Als Garnierung gibt man ein Wildschwein hinzu.

CERONETTI Welches ist deiner Meinung nach das beste Nahrungsmittel?

ARTUSI Ein Ei.

CERONETTI Womit?

ARTUSI Mit etwas Salz.

CERONETTI Runter mit der Maske! Du bist Alighieri, nicht Artusi.

ARTUSI Ich bin Artusi. Alighieri sprach vom Weltei und vom Salz der Weisheit. Ich vom Hühnerei und vom Kochsalz.

CERONETTI Welche Anregungen hast du dir aus unserer jüngsten Zeit geholt?

ARTUSI Sehr einfache Dinge. Manchmal nur eine geringfügige Aktualisierung. Meine *Milch auf portugiesische Art* habe ich umbenannt in *Radioaktive Milch auf portugiesische Art*. Das Rezept ist das alte, nur daß die Milch einen Zusatz hat, du weißt schon was. *Quecksilberfisch* ist ein Rezept von vor zehn Jahren und sehr zukunftsträchtig. Man nimmt einen beliebigen Fisch aus einem beliebigen Meer und ißt ihn. Das ist alles.

CERONETTI Und wie bereitet man ihn zu?

ARTUSI Das spielt keine Rolle. Gesotten oder gebraten, das Quecksilber ist es, worauf es bei diesem Rezept ankommt, wenn auch der Fischesser dabei umkommt.

CERONETTI Was hältst du von Margarine?

ARTUSI Sie ist so gut wie Butter.

CERONETTI Ah, schön. Man verwendet sie viel.

ARTUSI Ich sagte ja, sie ist so gut wie die Butter, die ihr habt. Und wie die Öle ...

CERONETTI Und wie ist es mit dem Essig?

ARTUSI Das ist kein Essig, das ist Schwefelsäure. Guten Appetit.

CERONETTI Und in Essig Eingelegtes?

ARTUSI Sprich nicht davon. Mir wird schlecht.

CERONETTI Und die Erdbeeren?

ARTUSI Ach, nennt ihr sie noch immer so? Sähe ein Chaldäer eure aufgedunsenen Riesenerdbeeren, er würde sie zerlegen wie eine Ochsenleber, um düstere Prophezeiungen daraus zu lesen. Doch für mich sind das zum Glück nur Wahngebilde ... Ich bin jetzt ein Wanderer in der Ewigkeit, kein in den Küchen des geeinten Italiens Umherirrender mehr, und schon bald werde ich mich wieder auflösen, wie mürbes Gebäck im Zabaione.

CERONETTI Warte doch. Gibt es Neues bei deinen Brühen?

ARTUSI Du kannst wählen zwischen *Suppe à la Fermi*, *Plutoniumbrühe* (die werdet ihr bald kesselweise essen), *Klarer Dieselbrühe* und *Sparbrühe*, die so heißt, nicht weil sie wenig kostet, sondern wegen der Zutaten. Um sie herzustellen, benötigt man folgende Zutaten: *Einkommen*, *Entwicklung*, *Rezession*, *Unterentwicklung* und reichlich *Prozentsatzfett*.

CERONETTI Keine sehr schmackhaften Gerichte.

ARTUSI Sie haben sichere Methoden gefunden, um alles höchst schmackhaft zu machen. Hast du bemerkt, wieviel Salz die Leute auf alles streuen, was sie essen? Der Geschmack wird vom Salz überdeckt, entzogen, zersetzt, die Speise ist Salz mit irgendwas. Während sie essen, mag es sich um ein noch so erlesenes Gericht handeln, siehst du sie mit mechanischer Geste Salz darüberstreuen. Sie kriegen nie genug davon . . . Ein anderes Mittel, leblose Lebensmittel zu beleben, ist der künstliche Farbstoff. Die Chemie hat für alles eine Farbe: Rot für rotes Fleisch, Weiß für weißes, Grün für Erbsen, Elfenbein für Butter, Schwarz für Kaffee . . . Manchmal frage ich mich: hast du es nicht falsch gemacht. Meine Eiscremes waren fahl, meine Torten bleich wie Nonnen! Farbe: wo sie fehlt, da haben sie kein Zutrauen, da fürchten sie Betrug . . . Und sie haben recht: laßt den Farbstoff im Rotwein weg, und vom Wein ist nichts mehr übrig. Und um den Genuß noch zu steigern, um den Gipfel der Tafelfreuden zu erreichen, um jeden Artusi weit hinter sich zu lassen, rauchen sie, rauchen sie zwischen einem Gang und dem nächsten, ja sogar während eines Ganges! Zigarette, Königin der feinen Küche! Artusi war ein Ignorant . . . Jetzt habe ich umgelernt: zum *Rindfleisch mit Nelken gespickt*, zu *Bohnen in Tomatensoße* empfehle ich Giuba, Manson und Pall-Molli, das ganze Regal des Tabakhändlers. Hast du gesehen, wie generös der Raucher ist? Er behält nicht alles für sich, er schenkt von seinem Rauch jedem, der in seiner Nähe ist. Die Tischgenossen, die aus Geldmangel nicht rauchen, kommen dank seiner Freundlichkeit dennoch reichlich in den Genuß des Rauchs. Nur zu, liebe Leute, schluckt Rauch, es findet sich immer einer, der ihn euch andreht. Darum werden meine Rezepte immer spartanischer, bis sie auf ganze zwei Zutaten geschrumpft sind: Salz und Tabak.

(Von fern, entmaterialisiert)

STIMME VON ARTUSI Suche zu Haus nach meiner *»Lehre vom Kochen«* und lerne, wie man eine richtige Suppe kocht. Führe meinen Namen nicht unnütz im Munde. Liebe deine Brühe wie dich selbst. Mehr habe ich dir nicht zu sagen . . .

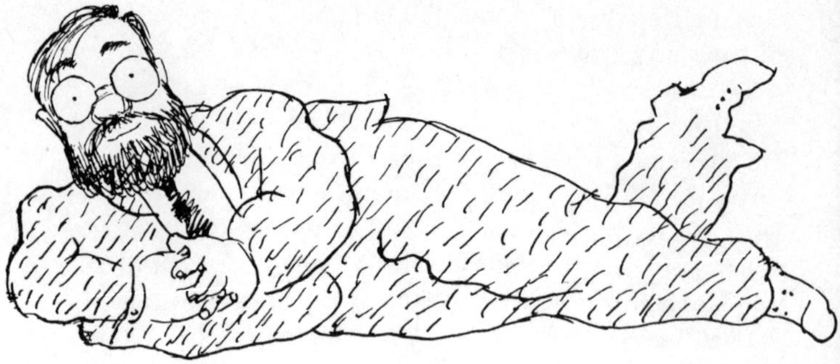

Umberto Eco

UMBERTO ECO

Die ewige Schönheit der Zahl: Pythagoras

Die Stille eines Mittags im Mezzogiorno. In der Ferne die Brandung des Meeres. Hundegebell. Hin und wieder der Klang einer Hirtenflöte. Pythagoras hat den lässigen und entspannten Akzent eines südeuropäischen Intellektuellen, der Wasser mit Anis trinkt.

ECO Guten Tag, Meister.

PYTHAGORAS Gruß dir und Harmonie.

ECO Pythagoras... Ich empfinde eine gewisse Erregung beim Aussprechen dieses Namens, der vielen als heilig galt, denn Ihre Schüler, Meister, verehrten Sie wie einen Gott...

PYTHAGORAS Nicht zu Unrecht.

ECO Ich merke es. Ein Grund mehr... Ich sagte: eine gewisse Erregung. Aber ich frage mich, ob Ihr Name nicht für viele andere, die uns zuhören, nur unangenehme Erinnerungen heraufbeschwört – die pythagoreische Tafel, der pythagoreische Lehrsatz...

PYTHAGORAS Wieso unangenehm? Das sind zwei kleine Anwendungen meiner Lehre, und es stört mich ein wenig, wenn du da sagst, viele kannten mich nur durch diese nebensächlichen Hilfsmittel. Immerhin erglänzt auch in ihnen die erhabene Harmonie der Zahl. Denk nur an die Tafel: eine elementare Matrix, aus der du alle irgend möglichen Vermählungen von Zahl und Zahl entwickeln kannst, ein für allemal festgelegt, ohne jeden Irrtum, denn die Regel dieses magischen Quadrates ist dieselbe, die auch die Harmonie des Universums regelt, vom weitesten Kreis der himmlischen Sphären bis hinab zu den Abgründen des unendlich Kleinen.

ECO Ich verstehe Sie, Meister. Ihr Denken war so einfach und klar, daß es von vielen noch immer mit vier banalen Rechenregeln für Geometer oder Buchhalter verwechselt wird.

PYTHAGORAS Ich bemerke eine Spur von Geringschätzung in der Art, wie du »Geometer« und »Buchhalter« sagst.

Gibt es etwa eine edlere Tätigkeit als die jener Leute, welche die wunderbaren Symmetrien des Raumes ausmessen oder sich mit dem Multiplizieren, Subtrahieren, Dividieren und Addieren der Zahlen beschäftigen?

ECO Gewiß nicht. Doch heutzutage... Es ist schwer zu erklären, ich weiß nicht, ob Sie es begreifen können... Überhaupt frage ich mich, ob Sie nicht verwundert sind, hier vor mir zu sitzen, so lange nach jenen Tagen, in denen Sie lebten, in einer so unvergleichlich anderen Welt.

PYTHAGORAS Ich bitte dich, naiver Mensch, du sprichst mit Pythagoras! Du weißt, daß meine Seele schon viele Körper durchwandert hat; du weißt, daß ich einst der Halbgott Euphorbos war und dies, als ich Jahrhunderte später mein Wappenschild im Apollo-Tempel erblickte, erkannte und weinte. Der Körper ist wie ein Grab, das unseren Geist gefangenhält und zahlreichen Knechtschaften unterwirft; doch steckt in ihnen das Prinzip der fortschreitenden Reinigung, so du es nur vermagst, diesen Körper zum Schweigen zu bringen, zur Abstinenz und zur Askese, auf daß der Geist sich befreien kann in den Wonnen der Kontemplation. Und nachdem du von Körper zu Körper wandernd deinen Weg der Erlösung vollendet hast, wirst auch du dereinst, wie es mir nun vergönnt ist, die Harmonie des Kosmos erschauen und die bewundernswerte Verkettung der Zeiten, weshalb deine Gegenwart für mich kein Grund zur Verwunderung ist, sowenig wie einst meine eigene Vergangenheit, da beide sich herleiten aus dem wohlgeordneten und vielschichtigen Tanz der kosmischen Zyklen. Zu meiner Zeit reiste ich nach Ägypten, wo ich die Mysterienkulte der dortigen Priester kennenlernte, und nach Persien, in die beiden Gallien und nach Kreta. Wieso also, meinst du, sollte mir deine Welt verwunderlich sein und als etwas völlig Neues erscheinen?

ECO Und nach all diesen Reisen, als Sie vierzig Jahre alt waren, emigrierten Sie an die Küsten Italiens, nach Kroton. Das war im sechsten Jahrhundert vor Christus. Und dort gründeten Sie Ihre Schule. Verehrt von Ihren Schülern (die sogar behaupteten, Sie – ein Göttlicher – hätten einen goldenen Oberschenkelknochen), verordneten Sie ihnen eine äußerst strenge Disziplin, und nur die Auserwählten wurden in die höheren Geheimnisse Ihrer Lehre eingeweiht. Eine klösterliche Gemeinschaft, würden wir heute sagen, aus welcher Denker hervorgingen, die Ihre Theorien in der ganzen antiken Welt verbreiteten. Was lehrten Sie, Meister, die Getreuesten Ihrer Getreuen dort unten in Kroton?

PYTHAGORAS Die Zahl, das Wesen aller Dinge.

ECO Inwiefern das Wesen?

PYTHAGORAS Du wirst von jenen ersten Naturphilosophen gehört haben, welche die Erklärung der Erscheinungen unserer Welt nicht im trügerischen Bildnis der Götter suchten, sondern in einem Grundprinzip. Sie waren nicht dumm, sie hatten begriffen, daß erkennen heißt, ein fundamentales Prinzip zu finden, aus dem sich der Ursprung, das Werden und die Ordnung der Dinge erklären lassen. Nur war ihr Geist schwach, ihre Phantasie schwerfällig, und sie suchten dieses Grundprinzip in den physikalischen Elementen, im Wasser, im Feuer und in der Luft. Ich war es, der als erster begriff, daß der Ursprung und das Gesetz der Dinge ein und dieselbe Kraft sind und daß diese Kraft eine mathematische ist. Es sind die mathematischen Prinzipien, die das Leben des Universums regeln, die zugleich sein Ursprung, sein Gesetz, das Motiv seiner Selbsterhaltung und der Grund seiner Schönheit sind. Die Zahl ist das Wesen der Dinge.

ECO Aber was heißt das? Heißt es, die Dinge *sind* Zahlen? Oder *imitieren* sie die Zahlen? Oder werden sie von Zahlen reguliert?

PYTHAGORAS Du fragst mich zuviel. Manche haben ein ganzes Leben im Schatten meiner Wahrheit verbringen müssen, um zu begreifen. Und auch dann haben sie nicht immer begriffen. Bestenfalls haben sie meine Worte nachgeplappert. Sie erklärten dann einfach: »*Autòs èpha – Ipse dixit* – Der Meister hat es gesagt, da gibt es nichts mehr zu diskutieren.« Doch im Gehorsam und in der Demut entstand die Erkenntnis. Und nun kommst du und verlangst, daß die Wahrheit sich dir auf Anhieb enthüllt? Betrachte lieber zunächst einmal diese Figur.

ECO Ich kenne sie. Es ist die *Tetraktýs*, das magische Dreieck aus zehn Punkten. Drei Seiten, jede aus vier Punkten bestehend, dazu ein Punkt in der Mitte, so daß es auch aussieht, als ob das Ganze aus vier Punktreihen besteht – aus einer mit vier Punkten, einer mit dreien, einer mit zweien und einer mit einem Punkt.

.

. .

. . .

. . . .

PYTHAGORAS Und hierin, wenn du es zu begreifen vermagst, lacht dich bereits die Wahrheit der Zahl an. Eins plus zwei plus drei plus vier ist gleich zehn. Ein Punkt in der Mitte, Ursprung aller anderen. Vier Punkte auf jeder Seite, vier, die Zahl der Vollendung, der Kraft, der Gerechtigkeit und der Solidität. Drei Reihen von je vier Punkten bilden das gleichschenklige Dreieck, Symbol vollendeter Gleichheit. Die Summe der Punkte ergibt zehn, und mit den ersten zehn Zahlen kannst du sämtliche anderen unendlichen Zahlen ausdrücken, die das Universum bevölkern. Und wenn du das Dreieck von oben nach unten betrachtest, zeigt dir die Anzahl der Punkte alternierend das Gerade und das Ungerade. Das Gerade ist das Symbol des Unendlichen, denn niemals findest du auf einer Linie aus einer geraden Anzahl von Punkten den Punkt, der sie in zwei Hälften teilt. Das Ungerade hat dagegen ein Zentrum, in welchem es sich in zwei stets gleichgroße Hälften teilt. Und schließlich die Eins, gerade und ungerade Zahl zugleich, Ursprung sowohl der ungeraden wie der geraden Zahlen, da sie durch ihre bloße Präsenz das Ungerade gerade und das Gerade ungerade machen kann. Siehst du nicht, Mensch, in diesem elementaren Symbol die gesamte Weisheit des Universums, alle mathematischen Gesetze, die den Kosmos ausmachen?

ECO Ja, abstrakt schon ... Aber was ist mit den physischen Gegenständen?

PYTHAGORAS Was soll mit ihnen sein? Woher beziehen die physischen Gegenstände ihre Konsistenz, wenn nicht aus den jeweils verschiedenen räumlichen und numerischen Dispositionen ihrer unbegrenzten Elemente? Wenn das Feuer züngelt und sticht und durchdringt, so nur, weil sich bei der Erzeugung elementarer Dreiecke feste Körper bilden in Form einer Pyramide, die eben sticht und durchdringt. Während sich die anderen Elemente aus Oktaedern, Ikosaedern und Dodekaedern zusammensetzen. Und dieselben Prinzipien, die das unendlich kleine Leben des Mikrokos-

Eco und der Meister

mos regeln, regeln zugleich den Makrokosmos, die Bahnen der himmlischen Sphären und die Rotation der Planeten.

ECO Ich begreife nun, Meister, daß Sie die Grundeinsichten der modernen Wissenschaften vorweggenommen haben: nicht nur, daß die Welt in mathematischen Begriffen erklärt werden kann, sondern auch, daß sowohl das Universum der Galaxien wie das der subatomaren Teilchen lediglich zwei Aspekte ein und derselben Maschinerie sind, die sich in rechnerischen Begriffen erklären läßt. Aber gerade Sie, Meister, der Sie Ihrer Gemeinschaft einen so tief religiösen Ton gaben, haben dabei nicht den Einwand vorausgesehen, den Ihnen auch heute noch mancher entgegenhalten könnte – nämlich daß die Zahl zwar die Struktur der physischen Welt erklärt, nicht aber das Leben ... wie soll ich sagen ... der Seele, des Geistes. Denn was ist jene Seele, von der Sie sprechen, die da wandert von einem Körper zum anderen, bis sie zur höchsten Reinheit gelangt? Was ist die Musik, die Sie so sehr liebten, was die Kunst, die Poesie?

PYTHAGORAS Zahl, alles Zahl. Was sonst? Dieselbe Zahl, die das Gefüge der Pyramiden des Feuers konstituiert, dasselbe Wechselspiel von Gerade und Ungerade, Endlich und Unendlich, das die Erzeugung der mathematischen Größen beherrscht. Sieh her, hier habe ich sieben Gläser von gleicher Größe, jedes mit Wasser gefüllt, aber in verschiedenen Mengen. Nun schlage ich mit diesem Metallstab an jedes Glas, der Reihe nach ... Hörst du? *(Man hört eine Tonfolge, nicht eine diatonische Skala, eher so etwas wie eine chromatische Reihe oder wie die Abfolge der schwarzen Tasten auf dem Klavier.)* Was ist das?

ECO Nun ja, Musik ... Jedenfalls das Prinzip der Musik.

PYTHAGORAS Und wovon hängen die Intervalle ab, die wahrnehmbaren (und liebenswerten) Unterschiede zwischen den Tönen, wenn nicht von der *meßbaren* Wassermenge in jedem Glas? Nehmen wir nun dieses Monochord. Wie du weißt, verkörpert es das Prinzip, nach dem viele Musikinstrumente funktionieren. Wenn du die Saite an diesem Punkt niederdrückst und damit verkürzt, erhältst du einen bestimmten Ton, und wenn du sie weiter oben drückst und damit noch kürzer machst, wird der Ton höher. *(Man hört zwei Töne)* Du weißt, jeder Musiker weiß, daß noch der geringste Tonunterschied meßbar ist, indem man ihn proportional auf die Länge der Saite bezieht. Eine mathematische Formel steuert das Leben jedes musikalischen Ereignisses.

ECO Ja gewiß, aber ich sagte: und die Seele?

PYTHAGORAS Sie reagiert auf die Gesetze der Musik, sie ist ein reines Spiel von Zahlenverhältnissen. Ich erinnere mich, wie eines Abends in Taormina ein betrunkener Jüngling, außer sich vor Wut, an die Tür eines Hauses hämmerte, in dem eine Frau wohnte. Niemand vermochte ihn davon abzuhalten. Bis ich begriff: Es war nicht so sehr der Wein, der ihn erregte, als vielmehr die Musik einer Gruppe von Tibia-Spielern, eine Musik in phrygischer Tonart, die aufreizend wirkt, da sie Muskeln und Nerven spannt kraft einer inneren Übereinstimmung zwischen den Zahlen, die beide Erscheinungen regulieren. Also riet ich den Spielern, zur hypophrygischen Tonart überzugehen – und sofort beruhigte sich der Jüngling. Ähnlich pflegten wir selbst in der Schule von Kroton zum Klange einer genau kalkulierten Melodie einzuschlafen und uns beim Erwachen, um den Kopf wieder klar zu bekommen, anderer Tonarten zu bedienen. Du weißt es doch selber, und deine Mutter hat es gewußt, als du ein kleines Kind warst und sie dich, wenn du weintest, in großer Weisheit stets mit dem richtigen Lied zu trösten verstand!

Ohne studiert zu haben, erspürte sie aus der Tiefe ihrer Seele die Zahlen, die deine Seele glücklich zu stimmen vermochten, und übersetzte sie in Musik! Was sonst sollte deiner Meinung nach die Seele sein, was willst du denn mehr? Und was sonst bewunderst du an einem Tempel oder einer Statue, wenn nicht die Symmetrie, die Ordnung und innere Korrespondenz der einzelnen Teile sowie ihren Rhythmus – denselben, den du in der Poesie liebst?

ECO Mir scheint, Sie haben tatsächlich recht, Meister, und Ihr Denken ist viel religiöser als das jener Leute, die Geist und Materie einander gegenüberstellen, als ob sie zwei inkommensurable Größen wären. Aber vielleicht haben Sie Ihre Religion der Zahl doch ein bißchen zu weit getrieben. Ihre astronomische Lehre zum Beispiel . . .

PYTHAGORAS Was ist falsch an meiner astronomischen Lehre? Um das eine Zentralfeuer kreisen die zehn Himmelskörper: der Fixsternhimmel, Jupiter, Saturn, Merkur, Venus, Mars, die Sonne, der Mond, die Erde und die Gegenerde.

ECO Eben. Ihre astronomische Lehre ist revolutionär gewesen, sie hat die kopernikanische antizipiert, insofern sie nicht behauptete, daß die Planeten sich um die Erde drehen. Aber wieso die Gegenerde, ein Körper, den niemals jemand gesehen hat?

PYTHAGORAS Weil man nur so zur vollendeten Zehn-Zahl gelangt!

ECO Da sehen Sie es: Aus Liebe zur Theorie, zur mathematischen Perfektion haben Sie sich ein Universum nach Maß konstruiert, das nicht der faktischen Wahrheit entspricht.

PYTHAGORAS Entspricht es nicht der faktischen Wahrheit? Was soll das heißen? Die Wahrheit ist die mathematische Theorie. Wenn die mathematische Theorie das Vorhandensein der Gegenerde verlangt, muß die Gegenerde existieren! Um so schlimmer für uns, wenn wir nicht imstande sind, sie zu sehen. Sind etwa in deiner Zeit keine neuen Planeten entdeckt worden?

ECO Doch, sicher. Uranus, Pluto, die Jupitermonde . . .

PYTHAGORAS Und wie hat man sie entdeckt? Hat man sie gesehen?

ECO Nein, zunächst nicht. Zunächst hat man ihre Existenz voraussetzen müssen, um bestimmte astronomische Theorien zu verifizieren, um bestimmte Anomalien in der Bewegung der Himmelskörper zu erklären, und dann ist man daran gegangen, sie mit immer besseren Instrumenten zu suchen, und dann . . .

PYTHAGORAS Siehst du, es war also die Theorie, die euch die Elemente zur Erkenntnis der Wahrheit geliefert hat, es war das Vertrauen in die mathematischen Gesetze des Universums, das Postulat der Regelmäßigkeit aller Erscheinungen!

ECO Sie haben recht. Aber danach ging man daran, die theoretischen Annahmen zu überprüfen.

PYTHAGORAS Wozu war das noch nötig, wenn das Vertrauen in die ewige Regel dir doch schon sagte, daß diese Himmelskörper vorhanden sein müssen? Spürst du denn nicht die Schönheit dieser ewigen Regel der Zahl? Jeder Planet erzeugt, während er mit unterschiedlicher Geschwindigkeit um das Zentralfeuer kreist, einen Ton der musikalischen Reihe, und so erzeugen sie alle gemeinsam ein wunderschönes Konzert, eine Harmonie, die unaufhörlich für alle Zeiten im Universum erklingt.

ECO Die wir nicht hören.

PYTHAGORAS Natürlich nicht, da unser Ohr von Geburt an daran gewöhnt ist. Aber hast du niemals im Zauber gewisser Nächte das Raunen der Stille vernommen? Freilich kannst du es nur in Momenten der Gnade hören.

ECO Doch, schon . . . Aber wenn alle zehn Planeten je einen Ton der musikalischen Reihe hervorbringen, ergibt das keine Harmonie, sondern eine schauerliche Dissonanz, wie wenn ich alle Tasten eines Klaviers auf einmal anschlage oder alle Saiten einer Harfe im selben Augenblick zupfe . . .

PYTHAGORAS Die Musik besteht aber nicht aus Tönen, sondern aus den Verhältnissen zwischen Tönen. Auch ein Gehörloser kann die Musik genießen, sofern er sie nur zu denken vermag – während einer, der sie hört, ohne sie zu denken, keinen Genuß an ihr hat.

ECO Schon wieder diese Mißachtung des Konkreten!

PYTHAGORAS Wieso? Ich sehe im Konkreten die mathematische Seele!

ECO Ja schon, aber der Jüngling in Taormina wurde durch eine tatsächlich *gespielte* Musik beruhigt, nicht durch den mathematischen Gedanken der musikalischen Intervalle.

PYTHAGORAS Es war reiner Dialog zwischen Zahlen: Gegensätze, die sich vereinten, Spannungen, die sich zusammenfügten zur Harmonie. Der Jüngling brauchte es gar nicht zu wissen und zu begreifen. Es mußte so kommen.

ECO Es mußte so kommen... Sehen Sie, Meister, was ich Ihnen vorwerfe, ist Ihr mathematischer Optimismus, Ihr Glaube an eine Art von harmonischer Schicksalsfügung, die das Werden des Universums regelt. Sie haben unserer Zeit große wissenschaftliche Ahnungen vererbt, aber zugleich auch eine schreckliche Versuchung. Nämlich die Versuchung, sich mit der Kontemplation einer abstrakten, durch und durch bloß theoretischen Harmonie zu begnügen, ohne den Widerspruch und den Schmerz zu sehen, all jene ganz irdischen Wechselfälle, in denen die reine Zahl scheitert und das menschliche Handeln eingreifen muß, um einem Gesetz wieder Geltung zu verschaffen oder ein neues in Kraft zu setzen. Die Geschichte unserer Wissenschaft besteht auch aus falschen Berechnungen und aus Experimenten, die den Berechnungen widersprachen, und aus neuen Berechnungen, die frühere Berechnungen obsolet machten...

PYTHAGORAS Aber es ist euch nie gelungen, mich zu widerlegen.

ECO Ich weiß nicht. Vielleicht hat man Sie in der Tat gerade bestätigt, als man Sie widerlegte, als man Ihre Zahlen verwarf, um andere Zahlen zu suchen...

PYTHAGORAS Es sind immer dieselben. Die Regel steht am Anfang.

ECO Mag sein, aber übertragen Sie diese Haltung einmal ins gesellschaftliche und politische Leben. Was erzeugt sie dort? Eine aristokratische und konservative Sicht. Nicht von ungefähr mußten Sie nach Kroton fliehen, weil die demokratische Partei in Ihrer Schule ein Zentrum des aristokratischen und reaktionären Denkens erblickte. Euer Glaube an die ewigen Gesetze der Welt hat euch Pythagoreern das Verständnis für den Wandel versperrt, die Einsicht in das, was Heraklit später einsah, nämlich daß alles fließt, daß man nie zweimal im selben Fluß baden kann, daß die Wirklichkeit auch aus Schmerz und aus Kampf hervorgeht, daß die Harmonie ein Ziel ist, ein stets provisorisches – aber wehe, wenn man sie als einen Ausgangspunkt nimmt, gar als einen definitiv festgelegten!

PYTHAGORAS Dann hast du mich nicht verstanden.

ECO Doch, Meister, ich habe verstanden, daß Sie uns vermutlich nur eine Seite der Wahrheit geboten haben, daß es aber auch eine andere gibt und daß in der Spannung zwischen diesen beiden Wahrheiten – in dem, was einer unserer Dichter den Zweifrontenkampf um Ordnung und Abenteuer genannt hat – unsere menschliche Wahrheit liegt.

PYTHAGORAS Dann hast du mich nicht verstanden.

ECO Doch, ich habe verstanden, daß Ihre Aufgabe darin bestand, uns *Ihre* Wahrheit vorzusetzen und niemals an ihr zu zweifeln. Unsere besteht nun darin, diese Wahrheit in Zweifel zu ziehen und gleichzeitig an sie zu glauben.

PYTHAGORAS Dann hast du nicht verstanden.

ECO Auf Wiedersehen, Meister. Ich danke Ihnen für dieses Interview.

PYTHAGORAS Du hast nicht verstanden.

LEONARDO SCIASCIA

Italien ist eine harmlose, kleine, seit jeher republikanische Schlange: Maria Sophie, Exkönigin beider Sizilien

SCIASCIA Signora... Sie erlauben mir doch, Sie schlicht Signora zu nennen, nicht wahr?

MARIA SOPHIE Nach Edward, Faruk und Konstantin, nach so vielen Marias, Margheritas und Anns, an denen sich bei jeglichem Herzeleid die Klatschspalten erquicken, würde ich es sogar meinem Lakaien verbieten, mich Majestät zu nennen.

SCIASCIA Ich habe mir schon gedacht, daß Sie sich nicht mehr als Königin fühlen wollen: allerdings schrieb ich dies dem Umstand zu, daß Italien seit nunmehr fast dreißig Jahren Republik ist.

MARIA SOPHIE Aber Sie irren sich: ich fühle mich noch immer als Königin, und die Republik ist mir einerlei... Sehen Sie: von klein auf bin ich an die Bedeutung des Wortes Republik als Synonym für Unordnung gewöhnt; eine Bedeutung übrigens, die dieser Begriff auch für die Völker Süditaliens hatte und vielleicht bis heute hat. In diesem Sinne ist Italien immer Republik gewesen: auch unter der Monarchie.

SCIASCIA Spielen Sie auf die savoyische an?

MARIA SOPHIE Aber nein, auch auf die unsrige: die Monarchie der Bourbonen von Neapel war nicht minder republikanisch als die der Savoyer. Ja, sie war es noch mehr.

SCIASCIA Ich könnte mir vorstellen, daß dieses Paradoxon – Italien von jeher Republik, weil von jeher in Unordnung – für Sie auch die Erklärung dafür ist, warum sich gerade nach der Proklamation der Republik, nachdem also Italien – zumindest formell, in Ihren Augen – von der Monarchie zur Republik wurde, eine gewisse Nostalgie und eine Aufwertung der Bourbonen von Neapel bemerkbar machte.

MARIA SOPHIE Ganz richtig. Republik gegen Republik, also Unordnung gegen Unordnung; dann schon lieber die alte als die neue: sie war so festgefügt, daß sie der Ordnung glich. Und sie war so malerisch, so heiter, so glanzvoll. Alles war ein Schauspiel: selbst der Galgen, selbst die Hungersnot...

SCIASCIA A propos Galgen: Gewiß haben Sie *»Das Ende eines Königreichs«* von Raffaele de Cesare gelesen ...

MARIA SOPHIE Ich habe sämtliche Bücher über die Dynastie der Bourbonen von Neapel gelesen, vor allem und mit besonderem Interesse jene, die von ihrem Ende erzählen.

SCIASCIA Dann werden Sie sich auch erinnern, was De Cesare über Ihren und Ihres Gatten letzten Tag in Neapel schreibt ...

MARIA SOPHIE Ich erinnere mich gut. Über den meinen indes wußte er recht wenig. Euer unerträglicher D'Annunzio kam der Sache alles in allem schon näher.

SCIASCIA Unerträglich auch für Sie?

MARIA SOPHIE Für mich ganz besonders. Sie glauben nicht, wie unerträglich für uns Königinnen jene Schriftsteller sind, welche Königinnen, das Ewig Königlich-Weibliche und so weiter lieben ...

SCIASCIA Einer Königin jedoch war, wie Sie wissen, der Dichter des Ewig Königlich-Weiblichen lieb und teuer.

MARIA SOPHIE Königin, Dichter, sagen Sie. Er war so sehr Dichter wie sie Königin war.

SCIASCIA Er war also kein Dichter und sie keine Königin ...

MARIA SOPHIE So ist es: dem Namen, den Insignien nach. Doch Königtum und Dichtkunst sind weit mehr, sind beide gleichermaßen göttlich. Aber Sie wollten mich etwas zu De Cesare fragen.

SCIASCIA Ach ja: De Cesare beschreibt die letzte Ehrenbekundung der Minister gegenüber Franz II., er gibt wieder, was der König zu jedem einzelnen von ihnen sagt und hält sich bei den Worten auf, die er an Liborio Romano, den Innenminister, richtet ...

MARIA SOPHIE Ach, Don Liborio ...

SCIASCIA Don Liborio ... Wie ich sehe, erheitert Sie die Erinnerung an Don Liborio.

MARIA SOPHIE Außerordentlich. Wie boshaft von mir ... Ja, ich erinnere mich genau an den Satz, den De Cesare berichtet; auch deshalb, weil mein Mann mir davon erzählt hat, als er von dieser letzten Zeremonie heimkam: »Don Libò, gib acht auf deinen Hals!«

SCIASCIA Dieser recht zweideutige Satz, so argwöhnte De Cesare, sollte »wenn ich wiederkomme, geht's dir an den Kragen« heißen, also ich lasse dich aufknüpfen; während Don Liborio ihn als wohlwollenden Rat deutete, sich vor Garibaldi und dem neuen Lauf der Dinge vorzusehen.

MARIA SOPHIE De Cesare hat recht: Franz II. hatte im Sinn, ihn bei seiner Rückkehr aufhängen zu lassen ... Der Ärmste, er glaubte wirklich, er würde sein Königreich zurückgewinnen ... Aber Don Liborio aufhängen zu lassen, dazu hätte er nie den Mut gehabt. Im Gegenteil, er hätte ihn wieder zum Minister gemacht: Don Liborio war so amüsant ... Und mehr als das, er war unwiderstehlich ... Verräter, Diebe und Betrüger, ja sogar Mörder, in Italien sind sie alle amüsant, alle unwiderstehlich ... Die eine Republik geht, die nächste kommt: sie jedoch sind immer zur Stelle.

Maria Sophie zu Pferd

»Er stiehlt, aber er ist ja so amüsant.« – »Er hat den und den umbringen lassen, aber er ist ja so sympathisch.« – »Ich weiß, was für einer das ist, vielleicht hintergeht er mich: aber er ist unwiderstehlich.« Die Gespräche der wohlhabenden und einflußreichen Italiener sind stets mit Äußerungen dieser Art durchsetzt. Und den Äußerungen entsprechen Personen, Fakten.

SCIASCIA Sie übertreiben.

MARIA SOPHIE Nein, gewiß nicht, das kann ich Ihnen versichern. Ich kenne Italien vielleicht besser als Sie.

SCIASCIA Süditalien, wenn überhaupt; und das auch nur, als es noch Königreich von Neapel war.

MARIA SOPHIE Es gibt kein anderes Italien als Süditalien: und mich nimmt wunder, daß ausgerechnet Sie das nicht wissen. Und nicht nur in der Vorstellung, welche die Welt von Italien hat – einer Vorstellung, in der das Neapolitanische und Sizilianische das Piemontesische und Lombardische so weit verdrängen, daß keine Spur davon bliebe, wenn nicht Stendhal sich zum Mailänder erklärt hätte und die Gräfin Castiglione im Alkoven Napoleons III. gelandet wäre; in der Wirklichkeit indes, nun ja ... Ich selbst habe mir für Italien dieses Bild ausgedacht: eine harmlose kleine Wasserschlange, die sich in den Wirren von 1860 zu einem Knoten verschlungen hat. Sie bemüht sich, ihn zu lösen, mit dem Ergebnis, daß sie sich in sich selbst verbeißt, ohne den Knoten entwirren zu können. Der Knoten ist der Süden. Löst ihn und ihr habt Italien. Doch niemand, glaube ich, wird ihn je lösen.

SCIASCIA Und vor den Wirren von 1860?

MARIA SOPHIE Eine harmlose kleine Wasserschlange. Wenn Sie so wollen, kann ich auch sagen: ein Aal. Nicht allein seiner Schlüpfrigkeit, seiner Lethargie, seiner Neigung zu flüchten wegen, sondern auch wegen der geheimnisvoll verschlungenen Wege seiner Zivilisation, seines sinnlosen Gepränges ... Aber wir sprachen gerade von Don Liborio ...

SCIASCIA Ich glaube verstanden zu haben, daß Sie im Fall einer Rückkehr auf den Thron alles getan hätten, damit Ihr Mann ihn aufhängen läßt.

MARIA SOPHIE Mitnichten, auch ich fand Don Liborio

amüsant ... Oder vielleicht hätte ich ihn doch aufknüpfen lassen ... Die Frage, was zu tun gewesen wäre, wenn wir nach Neapel zurückgekehrt, wenn wir wieder an die Macht gekommen wären, habe ich mir nie gestellt. Ganz einfach deshalb, weil ich nie daran geglaubt habe, daß wir zurückkehren könnten ... Ich erinnere mich noch genau an die Begebenheit, die mir die Gewißheit gab, daß wir nicht zurückkehren würden, und die Erkenntnis, daß es auch nicht gelohnt hätte. Es war am Tag vor unserer Abreise von Neapel nach Gaeta: wir hatten in einer offenen Kutsche gerade den Schloßhof verlassen und machten wie jeden Tag unsere Spazierfahrt: um zu demonstrieren, daß alles beim alten geblieben war, daß uns Garibaldis Vormarsch nicht beunruhigte ... Aber Sie haben von dieser Episode ja bestimmt bei De Cesare gelesen.

SCIASCIA Ja, ich habe die Stelle sogar in mein Notizbuch übertragen ... Das ist es ja ... Ich habe sie abgeschrieben, weil ich Sie fragen wollte, welche Gefühle Sie in diesem Moment hatten: in Wirklichkeit, jenseits vom äußeren Schein ...

MARIA SOPHIE Lesen Sie vor, was Sie sich aufgeschrieben haben.

SCIASCIA »... der König kam in einer offenen Kutsche aus dem Schloßhof gefahren, zusammen mit der Königin und zwei Höflingen. Er wirkte keineswegs besorgt, und Maria Sophie plauderte angeregt, ja fast heiter bald mit ihm, bald mit den beiden Höflingen ... In einem der ersten Läden bei der Forestiera, der heutigen Präfektur, befand sich damals die Königliche Apotheke Ignone, welche die bourbonischen Lilien auf dem Ladenschild trug und deren Inhaber ein besessener Reaktionär war. Eine Leiter lehnte am Ladenschild und versperrte die Durchfahrt. Der König ließ anhalten und sah, daß ein paar Arbeiter auf die Leiter gestiegen waren und die LZilien von dem Schild entfernten; er machte Maria Sophie auf diese kluge Vorsichtsmaßnahme des Apothekers aufmerksam, und keiner von beiden zeigte sich darüber betroffen, ja sie lachten sogar zusammen darüber.«

MARIA SOPHIE Sehr richtig. Der König jedoch tat nur so, als sei er belustigt: in Wirklichkeit litt er fürchterlich. Ich dagegen hörte in ebendiesem Augenblick auf zu leiden: so,

als sei der Vorhang über einem tränenreichen Drama gefallen, um sich alsbald über einer Posse wieder zu heben. Ich habe wirklich von Herzen, vielleicht gar mit einer gewissen Vulgarität gelacht: mit einem Male leicht und frei, aller Verantwortung und aller Pflichten ledig ... Nichts war mehr der Mühe, unserer Mühe wert: alles würde anders werden, damit nichts anders werde, mit oder ohne uns, gegen uns oder gegen die Savoyer, die unsere Nachfolge antreten würden. Die wahren Dynastien waren die der Ignones, der Don Liborios: die Dynastien mit den zwei Seelen. Unwandelbare, ewige Dynastien. Zwei Seelen in einer Brust: die eine reaktionär, die andere progressiv, die eine faschistisch, die andere anarchistisch, die eine maximalistisch, die andere reformistisch, eine, die beichtet und eine, die Gott lästert, eine, die vormittags die Messe besucht und eine, die um Mitternacht zu den Zusammenkünften der Freimaurer geht, eine treue und eine verräterische ...

SCIASCIA Ein Satz, den Sie eben gesagt haben, läßt vermuten, daß Sie den *»Leoparden«* gelesen haben.

MARIA SOPHIE Nein, den habe ich nicht gelesen. In Abwandlung eines Ausspruchs von Disraeli könnte ich sagen: wenn ich einen Roman wie den *»Leoparden«* lesen will, dann brauche ich ihn nur zu schreiben. Natürlich habe ich viel darüber gehört. Ein schönes Buch, heißt es, glänzend geschrieben. Ich hätte es selbstverständlich nicht so gut schreiben können: nicht einmal auf französisch.

SCIASCIA Warum haben Sie es nicht gelesen?

MARIA SOPHIE Weil ich nie einen Roman gelesen habe. Romane sind unschicklich, sind vulgär. Zumal wenn ein Adliger sie schreibt.

SCIASCIA Aber vorhin erwähnten Sie D'Annunzio: die Stelle, wo es um Sie geht, stammt aus einem Roman.

MARIA SOPHIE Jene Stelle ist mir in Paris eines Abends im Hause irgendwelcher Kleinbürger vorgelesen worden.

SCIASCIA Bei den Verdurin?

MARIA SOPHIE Wie sie hießen, weiß ich nicht. Hin und wieder brachte mein Bruder es fertig, mich zu unsäglichen Leuten mitzuschleppen.

SCIASCIA Aber Sie wissen doch, daß es ein solcher Abend bei, wie Sie sagen, unsäglichen Leuten war, der Sie zur Heldin eines jener berühmten Bücher gemacht hat...

MARIA SOPHIE Ich weiß. Ich habe dieses berühmte Buch aber nicht gelesen. Ich werde es auch nicht lesen. Und ich will nicht einmal darüber sprechen.

SCIASCIA Haben Sie irgendwelche Erinnerungen an den Verfasser?

MARIA SOPHIE Überhaupt keine. Er war anscheinend ein gänzlich unbedeutender Mensch, wenn man von seinem schrecklichen Snobismus absieht... Und doch scheint jedermann der Ansicht, ich müsse über mein ganzes Leben nur in bezug auf diesen einen Punkt Rechenschaft ablegen: ob ich mich an Marcel Proust erinnere oder nicht. Auch in gewissen höheren Gefilden, die Sie noch nicht kennen und wo ich erwartete, mich für Liebe und Haß verantworten zu müssen, war die erste und einzige Frage, die man mir stellte: »Erinnern Sie sich an Marcel Proust?« Nein, ich erinnere mich nicht an ihn: ich bin eine verlorene Seele.

SCIASCIA Sehr interessant: die Literatur als jenseitige Angelegenheit.

MARIA SOPHIE So sieht es aus: zumindest was diesen Herrn Proust betrifft. Ich glaube verstanden zu haben, daß sich seine Tätigkeit am Rande eines Geheimnisses, eines Mysteriums abgespielt hat; irgendwie soll er versucht haben, zweimal zu leben.

SCIASCIA Was Sie als schrecklichen Snobismus bezeichnet haben, ist vielleicht genau das: der Wunsch, zweimal zu leben, die Existenz zu verdoppeln.

MARIA SOPHIE Mag sein, aber mir ist das gleichgültig. Mir war ein Leben genug: zu viele Vorschriften, zuviel Mühsal ... Um jedoch noch einmal auf die Schriftsteller zurückzukommen: an Anatole France und Alphonse Daudet erinnere ich mich dagegen sehr gut.

SCIASCIA Aber Sie haben weder von dem einen noch von dem anderen Bücher gelesen.

MARIA SOPHIE Von France einige Grabreden. Und von Daudet den einen oder anderen polemischen Artikel zur Verteidigung der Monarchie ... Ach nein, ich täusche mich: der Streiter für die Monarchie war sein Sohn Léon, jener, der das neunzehnte Jahrhundert als dumm gebrandmarkt hat. Wie recht er damit hatte!

SCIASCIA Aber von einem Buch des Vaters werden Sie zumindest gehört haben ...

MARIA SOPHIE Aber ja, dieser Roman, der später zur Komödie wurde: *»Könige im Exil«*. Die Heldin, Königin Friederike von Illyrien, scheint Ähnlichkeit mit mir zu haben ... Torheiten, Romangeschichten.

SCIASCIA Ich glaube, sie hat wirklich Ähnlichkeit mit Ihnen. Würde man den Roman von Daudet und die Seiten von Proust über Sie hintereinander lesen, gäbe es keinen Zweifel, daß es sich um ein und dieselbe Person handelt. Und das kann kein Zufall sein: beide Schriftsteller haben Sie gekannt, beide meinen Sie.

MARIA SOPHIE Mag sein.

SCIASCIA Am interessantesten an Daudets Roman ist die stille, ehrfurchtsvolle, ja aufopfernde Liebe des jungen monarchistischen Intellektuellen zu der jungen Königin. Könnte es sein – gestatten Sie mir die Frage –, daß Daudet eine ähnliche, von Ihnen in den ersten Jahren des Pariser Exils erweckte Liebe erfahren hat?

MARIA SOPHIE Viele haben mich geliebt; auch in weniger ehrfurchtsvoller Weise als Daudets junger Monarchist. Mit mir ist, wie Sie vielleicht gar nicht wissen, das verwerfliche Experiment einer der ersten, gewiß aber einer der gelungensten Photomontagen in der Geschichte der Photographie gemacht worden. Das Aktphoto von mir ist durch ganz Europa gegangen; es war heißbegehrt ... Die nackte Königin: stellen Sie sich das Aufsehen vor, in einem monarchistischen und katholischen Land . . .! Natürlich gehörte nicht viel dazu, um zu erkennen, daß der Körper nicht der meine war, sondern der eines jener Mädchen aus der Ciocaria, die nach Rom kamen, um sich als Modell oder Amme zu verdingen. Ein italienischer, ein römischer Körper: einer von denen, die frühzeitig in die Breite gehen . . . Aber der Gedanke, daß es meiner sein könnte, hat, glaube ich, allen gefallen, auch den ergebensten Verfechtern unserer Sache, ja selbst den Priestern und Kardinälen.

SCIASCIA Und was haben Sie dabei empfunden?

MARIA SOPHIE Empörung natürlich. Aber auch eine gewisse Genugtuung: unsere Feinde waren genauso unwürdig wie unsere Freunde; und ich hatte geglaubt, sie seien besser. Und dann auch ein Gefühl der Befreiung: alle glaubten, jener nackte Körper sei meiner, also war es meiner. Mit einem Wort: ich war frei bis zur Nacktheit. In diese Empfindung, in dieses Gefühl schlich sich der heimliche Wunsch ein, mich tatsächlich nackt photographieren zu lassen: um mit meinem jungen, schlanken, leichten Körper jenen schweren, in Auflösung begriffenen auszulöschen . . . Aber reden wir über etwas anderes; sonst veröffentlichen Sie dieses Interview am Ende in einer dieser Zeitschriften, die allein für Männer gemacht werden oder für Männer, die allein sind.

SCIASCIA Sprechen wir über etwas anderes, wenn Sie wünschen. Vielleicht noch einmal über das Königreich beider Sizilien, über Italien . . . ach ja: gibt es irgendetwas, das Sie in ihrer kurzen und bewegten Zeit als Königin oder während ihres langen Exils als Ex-Königin besonders beeindruckt hat?

MARIA SOPHIE Exil würde ich es nicht nennen: Paris war für mich kein Exil; Exil wäre wohl eher das Herrschen in Neapel gewesen. Oder das Herrschen tout court . . . Wie dem auch sei: etwas, das mich besonders beeindruckt hat . . . Ach ja: die Ereignisse in Bronte . . . Sie wissen wohl davon.

SCIASCIA Ja, so ungefähr . . .

MARIA SOPHIE Wir waren in Gaeta eingeschlossen, als uns die Nachricht über die Vorfälle in dem kleinen sizilianischen Dorf erreichte, wo der Urgroßvater meines Gemahls Admiral Nelson als Herzog eingesetzt hatte. In der Botschaft hieß es, uns treu ergebene Teile der Bevölkerung hätten sich gegen Garibaldi erhoben, und Garibaldi hätte seinen General Bixio dorthin geschickt, um schießen zu lassen. Franz II. war zutiefst erschüttert, und ich ebenso. Im Herzen des Königs war der Name dieses Dorfs noch jahrelang von der Glorie der Treue, des Martyriums umgeben. Im übrigen sagten es auch die garibaldinischen und savoyischen Historiker und Geschichtenschreiber: in jenem Dorf war die bourbonische Reaktion entbrannt und sogleich wieder niedergeschlagen worden ... Später lasen wir dann die Geschichte dieses Dorfs, wie sie ein Kapuzinerpater niedergeschrieben hatte: die damaligen Ereignisse, so erfuhren wir nun, hatten eine völlig andere Bedeutung gehabt. Jene Bauern hatten gehört, daß Garibaldi die Revolution bringen würde, und hatten sie gemacht. Ganz einfach. Und weil sie die Revolution gemacht hatten, waren sie von den Revolutionären erschossen worden. Finden Sie das nicht auch unglaublich?

SCIASCIA Doch, doch, unglaublich.

MARIA SOPHIE Auch aus anderen Büchern, die nach dem des Kapuzinerpaters erschienen sind, geht unzweifelhaft hervor, daß es tatsächlich so gewesen ist. Und nun?

SCIASCIA Und nun?

MARIA SOPHIE Nichts. Ich will damit nur sagen: der Galgen Franz II. wäre, im Fall unserer Rückkehr, revolutionärer gewesen – denn ich hätte alles getan, um Don Liborio daran baumeln zu lassen.

LUIGI MALERBA

Vom Milchregen und fliegenden Untertassen: Plinius der Ältere

MALERBA *Ego saluto vos, magister illustrissimus...*
PLINIUS O nein! Reden Sie nicht so, ich bitte Sie!
MALERBA Ich wollte Latein reden, aus Achtung...
PLINIUS Lassen Sie das Latein lieber, ich könnte mich sonst im Grabe umdrehen, wie man so sagt. Wo haben Sie es übrigens gelernt?
MALERBA In der Schule, mit den Texten der Klassiker, auf dem klassischen Gymnasium.
PLINIUS Horaz, Vergil, Catull – das sind Eure Klassiker! Das ist das Latein, das Ihr in Euren Schulen unterrichtet! Und dann Ovid: »*Tèmpora cùm causìs Latiùm digèsta per ànnos...*« Auch so einer, dieser Ovid Langnase! Mein Latein finden Eure Professoren wenig poetisch, sie halten es für platt, für zu simpel... Und das Ergebnis ist, daß Ihr nach acht Jahren Unterricht nicht in der Lage seid, einen anständigen Satz zusammenzubauen.
MALERBA Man liest auch Titus Livius und Julius Caesar.
PLINIUS Ein mittelmäßiger Schreiberling und ein schreibsüchtiger General!
MALERBA Bei uns stehen sie aber in hohem Ansehen.
PLINIUS Gewiß, sie haben uns ein paar nützliche Berichte hinterlassen. Ich habe sie hier und da sogar in meinen Büchern wiedergegeben, aber Titus Livius ist sterbenslangweilig in seiner Weitschweifigkeit. Er erzählt auf einer Seite, was man in vier Zeilen sagen könnte. Und Caesar ist ein aufgeblasener Selbstverherrlicher. Unerträglich.
MALERBA Ich kann Ihnen jedenfalls versichern, daß ich, außer Caesar und Titus Livius, auch viele Bände Ihrer »*Naturalis Historia*« aufmerksam durchgeblättert habe.
PLINIUS Ich stelle mit Vergnügen fest, daß Sie zumindest so ehrlich sind, »durchgeblättert« zu sagen und nicht »gelesen«. *(Unvermittelt)* In welcher Ausgabe?
MALERBA Les Belles Lettres.
PLINIUS Ja, ja, die Ausgabe ist nicht übel. Wenn ich per-

sönlich auch die Oxford-Ausgabe vorziehe. Und welchen Nutzen haben Sie daraus gezogen?

MALERBA Ich habe mich amüsiert ...

PLINIUS *(empört)* Sie haben sich amüsiert? Aber meine *»Naturalis Historia«* ist doch nicht amüsant! Es ist kaum zu glauben, wie oberflächlich Ihr Nachgeborenen mit der antiken Wissenschaft umgeht! Und wie sehr es Euch an kritischem Geist gebricht!

MALERBA Eben das Fehlen von kritischem Geist ist der Hauptvorwurf, den meine Zeitgenossen, also Ihre Nachwelt, allen Ihren Schriften machen.

PLINIUS Ich weiß. Und sie machen mir auch den höchst lächerlichen Vorwurf, ich hätte kompiliert und mein eigener Beitrag sei recht bescheiden. Aber ich habe niemals geleugnet, daß ich kompiliert habe! Ich habe niemals behauptet, der Hort der universellen Wissenschaft zu sein! Ich habe lediglich und zwar allein, eines jener Werke verfaßt, die unter der Bezeichnung ›Enzyklopädie‹ jetzt so große Mode bei euch sind, wie die Treccani-Enzyklopädie oder die Encyclopedia Britannica und so weiter. Mit dem Unterschied, daß Ihr dafür Hunderte von Wissenschaftlern und Spezialisten jedes Wissenszweiges braucht und die Werke sich oft als genauso lückenhaft und fehlerhaft erweisen. Wenn ich also in meiner *»Naturalis Historia«* Fehler gemacht habe, sollte man sich vor Augen halten, daß ich mich ständig auf andere Autoren beziehe und es für mich sehr einfach wäre, die Verantwortung dafür auf sie abzuladen!

MALERBA Ich wollte Sie nicht kränken.

PLINIUS Sie haben aber eine unverschämte Bemerkung gemacht.

MALERBA Offenbar haben sich in den zwei Jahrtausenden, die uns voneinander trennen, auch die Maßstäbe der Beurteilung verändert. Für uns zum Beispiel ist es etwas sehr Tadelnswertes, wenn man, ohne den üblichen kritischen Vorbehalt, Texte früherer Autoren übernimmt. Teile fremder Werke unter eigenem Namen wiederzugeben ist sogar ein Delikt, das vom Gesetz unter Strafe gestellt wird.

PLINIUS Was in Eurer Zeit erlaubt ist und was nicht, betrifft mich nicht und interessiert mich nicht. Bei uns hingegen war es ganz üblich, fremde Texte wiederzugeben, beinahe so etwas wie eine Norm, an die sich, mehr oder minder korrekt, fast alle Geschichtsschreiber und Wissenschaftler hielten. Ich jedenfalls zitiere immer, im Unterschied zu fast allen anderen Kompilatoren, einschließlich der Griechen, am Ende jedes Buches und manchmal auch im Text, die Namen der Schriftsteller, deren Angaben ich übernehme. Denken Sie nur an Diodor. Er hat ganze Kapitel, was sage ich, ganze Bücher anderer Autoren wiedergegeben, ohne jemals einen Namen zu zitieren. Ich habe meine Quellen stets sorgfältig angegeben: Hippokrates, Varro, Aristoteles, Sulpicius Gallus, Tubero, Vitruvius, Cornelius Nepos, Antipatros, Demokrit, Cato Censorius, Pomponius Atticus, Serapion, Xenophon, Hipparch, Eukleides, Artemidorus, Herodot, Theopompus, um nur die ersten zu nennen, die mir in den Sinn kommen. Ich habe auch die Namen einiger Dichter genannt, trotz des Mißtrauens, das ich dieser lästigen Sippschaft stets entgegengebracht habe.

MALERBA Es stimmt, daß Sie die Namen früherer Autoren angeführt haben. Man sagt jedoch, daß Sie oft Angaben übernehmen ohne den gebührenden Hinweis.

PLINIUS Man sagt! Wer? Wo? Vielleicht in Euren Schulbüchern! Makulatur! Zu nichts anderem tauglich als zum Feuermachen! In Wirklichkeit habe ich manchmal die Originaltexte abgeändert, aber nur, um ihre Fehler zu korrigieren. Ich habe sogar den großen Aristoteles korrigiert, der behauptet, die Kamele würden sich im Monat Maimakterión paaren, also von Oktober bis November, während ich sage, daß sie sich nur im Frühjahr paaren!

MALERBA Jetzt sind wir mitten in einer Polemik, die gar nicht in meiner Absicht stand.

PLINIUS Nicht in Ihrer Absicht? Ich würde sagen, Sie versuchen, mich ins Unrecht zu setzen, indem Sie sämtliche Gemeinplätze wiederholen, die man bei euch in der Schule lernt. Sie sollten doch wissen, daß es vor mir und auch nach mir üblich war, Teile fremder Texte in den eigenen Büchern wiederzugeben und daß ich selbst lange Zeit Gegenstand und Opfer dieser Gewohnheit gewesen bin. Tertullian etwa hat in seinen »*Apologetica*« reichlich von mir abgeschrieben, ohne jemals meinen Namen zu nennen. Und Solinus gibt in seiner »*Erdbeschreibung*« ganze Kapitel meines

Werks wieder, ohne sich auch nur die Mühe zu machen, die Wörter zu verändern, so daß man ihn sogar mit dem Spitznamen »Plinius' Affe« bedachte. Aber es langweilt mich zutiefst, mich vor der erstbesten Person rechtfertigen zu müssen. Im Grunde habe ich genug, und was mich betrifft, so können wir unser Gespräch genausogut als beendet betrachten.

MALERBA Es ist mir noch nicht gelungen, Ihnen den Zweck meines Besuches darzulegen, Cavaliere.

PLINIUS Weshalb nennen Sie mich Cavaliere? Um mir zu schmeicheln?

MALERBA Ich nenne Sie Cavaliere, weil ich weiß, daß Sie Präfekt der Kavallerie gewesen sind. Sie haben sogar ein Buch über die Kunst des Speerwerfens geschrieben, wenn ich nicht irre.

PLINIUS *(geschmeichelt)* Es heißt »*De iaculatione equestri*«. Ein gutes Buch. Schade, daß Ihr die Gewohnheit des Reitens und des Speerwerfens aufgegeben habt.

MALERBA Das Pferd kommt wieder in Mode, wo wir jetzt die Energiekrise haben.

PLINIUS Aber nicht das Speerwerfen.

MALERBA Das Speerwerfen nicht, leider, es ist schon lange aus dem Gebrauch gekommen.

PLINIUS Nennen Sie mich jedenfalls nicht Cavaliere. Ich bin jetzt Flottenführer hier in Porto Miseno.

MALERBA Darf ich Sie Admiral nennen?

PLINIUS Meinetwegen. Vielleicht paßt Admiral besser zu mir als Cavaliere.

MALERBA Nun, Admiral, ich möchte gerne eine Bemerkung von mir erklären, auf die Sie sehr heftig reagiert haben, als ich nämlich sagte, ich hätte mich bei der Lektüre Ihrer *»Naturalis Historia« amüsiert* . . .

PLINIUS Erklären Sie, erklären Sie.

MALERBA Sehen Sie, Admiral, als ich das siebte Buch ihrer *Naturalis* . . .

PLINIUS *(unterbricht)* O weh, o weh! Immer die alte Geschichte mit diesem siebten Buch! Im siebten Buch berichtete ich von den Menschen ohne Kopf und ohne Mund, von den Menschen mit nur einem Fuß, von denen mit großen Ohren, wie es von überaus glaubwürdigen griechischen Reisenden bezeugt worden ist!

MALERBA Sie berichten auch von Fabeltieren mit dem Kopf eines Menschen und dem Schwanz eines Skorpions, von geflügelten Pferden und von dem berühmten *Catoplebas*, dessen Anblick allein schon genügte, einen Menschen umzubringen.

PLINIUS Und was ist dabei? Ich will sogar zugeben, daß manchmal die Liebe zum Wunderbaren mich etwas von den Tatsachen hat abweichen lassen, mich die Wahrheit hat übertreiben lassen, aber die Wahrheit heißt auch, getreu die Angaben dessen wiederzugeben, der die Dinge mit eigenen Augen gesehen hat. Jeder weiß, daß die Wahrheit die Phantasie oft noch übertrifft.

MALERBA Sie glauben also an alles, was Sie geschrieben haben?

PLINIUS Ich sage Ihnen noch einmal, daß ich sehr oft wiedergebe, was andere Autoren geschrieben haben.

MALERBA Aber glauben Sie daran?

PLINIUS An der Art und Weise, wie ich die Angaben wiedergebe, kann man oft ersehen, ob ich daran glaube oder nicht.

MALERBA Entschuldigen Sie, Admiral, wenn ich insistiere. Im achten Buch berichten Sie zum Beispiel von einem Elefanten, der sich in die Verlobte des Grammatikers Aristophanes verliebt hatte.

PLINIUS Im gleichen Buch erzähle ich eine andere, noch maliziösere Geschichte, die eines anderen Elefanten nämlich, der sich so sehr in den jungen Meandros verliebt hatte, daß er nur noch in seiner Gegenwart fraß. Hätte der Jüngling sich längere Zeit entfernt, wäre der Elefant wahrscheinlich an Hunger gestorben *(lacht)*.

MALERBA Das alles, Admiral, kommt mir sehr wenig »wissenschaftlich« vor. Auch die Geschichte von den Stuten, die im Tal des Tejo, im Lusitanien, vom Zephyr befruchtet werden, und die Sie ebenfalls im achten Buch erzählen.

PLINIUS Etwas Ähnliches wird auch von Aristoteles berichtet, aber die Geschichte von den lusitanischen Stuten habe ich direkt von Varro. Wenn man also in Zweifel zieht, was ich in meiner *»Naturalis Historia«* geschrieben habe, zieht man damit die ganze antike Literatur in Zweifel!

MALERBA Sehen Sie, Admiral, ich bin nicht hierher gekommen, um die antike Literatur in Zweifel zu ziehen, ebensowenig wie das, was Sie geschrieben haben.

PLINIUS Aus welchem anderen Grund sind Sie dann gekommen? Bisher haben Sie nichts anderes getan als versucht, mich ins Unrecht zu setzen, Zweifel vorzubringen und mich zu beleidigen.

MALERBA Zwischen uns liegen beinahe zwei Jahrtausende, und daher ist es normal, daß unsere Meinungen bisweilen aufeinanderprallen und wir uns nicht einig sind.

PLINIUS Mich stört nicht die Tatsache, daß wir uns nicht einig sind, sondern Ihre Unverschämtheit und Boshaftigkeit.

MALERBA Jetzt müßte eigentlich ich beleidigt sein und dieses unmögliche Interview abbrechen.

PLINIUS *(enttäuscht)* Tun Sie, was Sie für richtig halten. Aber sagten Sie nicht, Sie wollten etwas erklären?

MALERBA Ja. Als ich zu Beginn sagte, ich hätte mich beim Lesen Ihrer *»Naturalis Historia«* amüsiert, geschah das nicht aus Unverschämtheit oder Boshaftigkeit. Ich wollte sagen, daß man Ihr Werk heute unter einem neuen Blickwinkel lesen könnte, nachdem es für uns einen Großteil seines wissenschaftlichen Wertes verloren hat.

PLINIUS *(mißtrauisch)* Fahren Sie fort.

MALERBA Gewisse Geschichten, die Sie in Ihren Büchern erzählen, wie die, die wir soeben erwähnt haben, scheinen Fabeln zu sein . . .

PLINIUS Fangen Sie schon wieder an mit Ihren Unverschämtheiten?

MALERBA Ich meine es in gutem Sinne. Fabeln können gute Literatur sein.

PLINIUS Na und?

MALERBA Ich dachte an eine neue Lektüre Ihrer *»Naturalis Historia«:* unter dem Signum des Wunderbaren, des Phantastischen.

PLINIUS Das Wunderbare und das Phantastische sind stets die Antriebskräfte der Wissenschaft gewesen, und mir scheint, sie sind es auch in Ihren Tagen noch.

MALERBA Ich habe den Eindruck, daß in bestimmten Büchern Ihrer *»Naturalis Historia«* gerade das phantastische

»Es ist mir noch nicht gelungen, Ihnen den Zweck meines Besuches darzulegen, Cavaliere.«
»Weshalb nennen Sie mich Cavaliere? Um mir zu schmeicheln?«

Element überwiegt. Ich dachte, man könnte dazu anregen, Plinius heute als einen Verfasser von Fabeln neu zu lesen.

PLINIUS Ich, Verfasser von Fabeln! Wie Äsop, Phaedrus, Apuleius und die anderen Fabeldichter!

MALERBA Ja.

PLINIUS Aber kein Gedanke! Lieber soll man mich vergessen, lieber verschimmle ich in den Bibliotheken, staubbedeckt und von Würmern zernagt! Ich habe mein ganzes Leben damit zugebracht, nach Wahrheit zu streben, das Wahre zu suchen, wo immer ich es finden konnte, in fremden Texten oder im großen Buch der Natur, und jetzt wollen Sie mich der Schar der Fabelverkäufer zuschlagen!

MALERBA Sie müssen doch zugeben, Admiral, daß Sie in Ihren Büchern Legenden und vielen unwahrscheinlichen, phantastischen Gerüchten einen breiten Raum eingeräumt haben. Und ich würde sagen, daß dies der gelungenste Teil ist, der Teil, den man noch heute mit großem Vergnügen lesen kann. Um noch ein Beispiel zu nennen: die Seiten des zweiten Buches, wo Sie von den phantastischen Regenfällen berichten, dem Milchregen, dem Blutregen ...

PLINIUS O nein! Sie beurteilen Tatsachen als phantastisch,

die wirklich geschehen sind, die dokumentiert sind. Der Milchregen und der Blutregen haben sich unter dem Consulat von Manlius Aculius und Gaius Porcius sowie, in Abständen, auch noch in späteren Zeiten ereignet. Der Fleischregen fand unter dem Consulat von Volumnius und Servius Sulpicius statt und der Eisenregen in Lukanien in dem Jahr, bevor Crassus gemeinsam mit allen lukanischen Soldaten, die in seinem Heer kämpften, von den Parthern ermordet wurde. Das Eisen regnete in Form von schwarzen Schwämmen vom Himmel, zusammen mit eisenhaltigem Pulver. Dann gab es noch einen Wollregen unter dem Consulat von Paulus und Marcellus in der Gegend der Festung von Compsa. Hunderte von Zeugen können beweisen, daß sich diese Phänomene tatsächlich ereignet haben.

MALERBA Nun, ich denke, daß diese Zeugen nicht mehr verfügbar sind, nach zweitausend Jahren.

PLINIUS Allerdings. Und Sie machen sich diesen nebensächlichen Umstand zunutze, um historische Ereignisse zu diskreditieren, die niemals jemand in Zweifel zu ziehen gewagt hat.

MALERBA Nehmen wir, um der Absurdität willen, ruhig einmal an, daß es Milch-, Blut-, Eisen- und Wollregen gegeben hat. Ebenfalls im zweiten Buch berichten Sie von anderen, noch weniger wahrscheinlichen Dingen, die vom Himmel geregnet sein sollen.

PLINIUS Sie haben recht. Ich muß zugeben, daß es stets meine Schwäche gewesen ist, wahre Dinge mit unwahren zu vermischen. Sie spielen auf den Regen von Terrakottagegenständen an, nicht wahr? Ich hätte diesen Bericht nicht aufnehmen, ihm keinen Glauben schenken dürfen. Ich habe da einen Fehler gemacht. In Wahrheit ist es nicht sehr glaubhaft, daß Teller, Töpfe, Vasen und Schüsseln aus Terrakotta vom Himmel geregnet sind. Aber die Geschichte gefiel mir.

MALERBA Es ist ja auch wirklich eine sehr schöne Geschichte, das heißt eine sehr schöne Fabel. Aber der Milch-, der Blut-, der Fleisch-, der Eisen- und der Wollregen sind für uns genauso unglaubhaft und märchenhaft wie der Steingutregen.

PLINIUS Nur dann, wenn Sie den Augenzeugenberichten keinen Glauben schenken wollen.

MALERBA Manchmal finden die Augenzeugen, auch lebende, kein Gehör. Erst kürzlich wurden, im Fall der fliegenden Untertassen, Hunderte von Augenzeugenberichten angezweifelt.

PLINIUS Ich habe von diesen fliegenden Untertassen gehört.

MALERBA Man neigt zu der Auffassung, daß es sich um ein Phänomen von Kollektivsuggestion handelt.

PLINIUS Meiner Meinung nach gibt es sie aber.

MALERBA Sie haben die Mentalität eines Träumers, eines Dichters.

PLINIUS Fangen Sie nicht wieder an mit ihren Unverschämtheiten!

MALERBA Aber das war ein Kompliment, keine Unverschämtheit.

PLINIUS Ich weiß sehr wohl, was Sie mit Ihren Komplimenten bezwecken. Sie wollen mein ganzes Werk der Lächerlichkeit preisgeben.

MALERBA Es tut mir leid, Admiral, aber Sie hören wirklich die Flöhe husten.

PLINIUS Ich kenne diesen Ausdruck nicht.

MALERBA Er bedeutet, daß Sie über alle Maßen mißtrauisch sind.

PLINIUS Mein Mißtrauen ist sehr begründet.

MALERBA Im Gegenteil. Der wahre wissenschaftliche Wert Ihres Werkes könnte gerade in seinen phantastischen Teilen liegen. Ihr Verdienst ist es im Grunde, daß Sie Legenden und Fabeln Ihrer Zeit gesammelt und sie der Nachwelt überliefert haben. Das ist eine Arbeit, die heute in hohem Ansehen steht und quasi als Wissenschaft betrachtet wird.

PLINIUS Sie spielen auf jene seltsamen Personen an, die bei afrikanischen Stämmen oder den Rothäuten leben, deren Geschichten und primitiven Legenden sammeln und dann höchst gelehrte und unnütze Bücher darüber schreiben. Nein, tut mir leid, aber ich möchte nicht mit solchen Märchensammlern in einen Topf geworfen werden. Ich habe immer nach den Zeugnissen der zivilisierten Gesellschaften und nicht nach denen der wilden Völker gesucht. Ich habe der Nachwelt eine große Zahl von Berichten überliefert, die andernfalls unwiederbringlich verloren gewesen wären. Ich habe ein umfassendes Bild von der Wissenschaft und Kultur meiner Zeit gezeichnet. Deshalb, und nicht aus anderen Gründen, soll man sich meiner erinnern.

MALERBA Sie müssen sich darüber klarwerden, Admiral, daß die wissenschaftliche Dimension Ihrer Schriften unwiderruflich hinfällig geworden ist. Wohingegen die Dimension der Fabel, oder, wenn Sie das vorziehen, der Legende, für Ihre Nachwelt, also für uns, noch einen großen Wert haben kann.

PLINIUS Den Wert einer spaßigen Unterhaltung!

MALERBA Unterhaltung, aber auch Dokumentation einer ganzen Epoche.

PLINIUS Also Ihrer Meinung nach sollte ich mich Ihren Zeitgenossen im Gewande eines Possenreißers präsentieren?

MALERBA Betrachten Sie Äsop, Phaedrus, Apuleius wirklich als Possenreißer?

PLINIUS Ja, ich betrachte sie als durchtriebene Possenreißer.

MALERBA Auch Horaz, Vergil, Catull?

PLINIUS Possenreißer. Sowohl die Fabelschreiber als auch die Dichter.

MALERBA Bei uns genießen sie große Wertschätzung.

PLINIUS Das ist eine Art Wertschätzung, die mich nicht interessiert.

MALERBA Dann liegt Ihnen also nichts an der Erinnerung, die die Nachwelt von Ihnen hat?

PLINIUS Gerade weil mir sehr viel daran liegt, kann ich

nicht akzeptieren, der Kategorie der Personen zugerechnet zu werden, die Sie soeben aufgezählt haben.

MALERBA Sie könnten neuen Ruhm erlangen und viele Leser gewinnen.

PLINIUS Lieber bleibe ich unter dem Staub der Bibliotheken begraben, wie ich schon sagte, und lieber gehe ich nur durch die Hände weniger Gelehrter, anstatt einen Ruhm zu erlangen, der mir nicht gebührt. Und außerdem verabscheue ich die Fabelschreiber und die Dichter, wie soll ich Ihnen das nur begreiflich machen? Ich habe stets sehr einfach geschrieben, ohne rhetorische Kunstgriffe, ohne Schnörkel, allein mit dem Ziel, klar zu sein und meinen Lesern zu nützen.

MALERBA Klarheit und Einfachheit sind seltene Tugenden in unseren Zeiten. Sie könnten sehr geschätzt werden.

PLINIUS Geben Sie sich keine Mühe, Sie brauchen mir nicht zu schmeicheln. Ihre Worte waren höchst kränkend. Ich kann jetzt nicht umhin, Sie zu bitten sich zu entfernen. Zumal man mich vor kurzem benachrichtigt hat, daß eine schwarze Rauchwolke sich gerade über dem Gipfel des Vesuvs, in der Nähe von Pompeji, zusammenbraut. Aber gewiß werden Sie denken, daß es sich auch jetzt wieder um eine Fabel handelt.

MALERBA Nein, nein. Gerade in meiner Eigenschaft als Vertreter der Nachwelt weiß ich, daß das leider keine Fabel ist.

»Ich hatte im Park von Linderhof doch diese gewaltige, künstliche blaue Grotte aus Pappmaché bauen lassen... und auf dem See konnte man sogar Boot fahren... nicht schlecht diese Gondel... wirklich... mit dem kleinen Amor am Bug und ansonsten in der Form eines flaumigen Schwans... und dann ruderte man zum Loreley-Felsen...«

ALBERTO ARBASINO

Ein Märchenkönig als Werbefachmann: Ludwig II., König von Bayern

Ouvertüre zum »Fliegenden Holländer«, laut und stürmisch, wie es sich gehört: Geisternacht, Sawallisch.

ARBASINO Ist es gestattet?

BRUNHILDE Hojotoho! Hojotoho! Heiaha! Heiaha! Hojotoho! Heiaha!

(Aus der »Walküre«, mit der Nilsson)

ARBASINO Darf man hereinkommen?

(Wilde Seelenqual aus dem Finale von »Tristan und Isolde« mit der Flagstad)

ARBASINO Ist niemand da?

SALOME *(unvermittelt)* Ich will den Kopf von Johaaann!

(Christel Goltz, in der Oper von Strauß, in Originalfassung)

ARBASINO Ist Seine Majestät zu Hause?

(Kurzer, ungemein einschmeichelnder Angriff – alle Geigen der Dreißiger Jahre – aus »King's Rhapsody« von Ivor Novello)

ARBASINO Seine Majestät, Ludwig II. von Bayern?

(Leise und kokett erklingt der Anfang des Csardas aus »King's Rhapsody«)

ARBASINO Ja, ja, man hört, daß Sie hier wohnen!

(Ein anmutiger kleiner Chor setzt ein, mit rhythmischem »pst... pst... pst...«, ebenfalls von Ivor Novello)

GEDÄMPFTE STIMMEN Leise, leise, er pflegt der Ruhe! ...Bitte, bitte, nicht stören!

(Während der feierlichen Schlußpartie des pst... pst...)

LUDWIG Was gibt's?

(Süße Töne von Ivor Novello)

ARBASINO Es ist wegen dieses Interviews... mit der Geschichte... Majestät!

LUDWIG Ach ja! Ist es schon Mitternacht?

(Flüchtige Csardasklänge)

LUDWIG Aber nur, wenn Sie kein Licht machen. Nehmen Sie dort auf dem Schwan Platz. Und zerbrechen Sie die Straußeneier nicht.

(Bartoksches Getöse)

LUDWIG Obacht auf die Obelisken!
(Liebliche Novello-Melodie. Auch in der Folge immer Novello)
LUDWIG Sitzen Sie bequem? Wenn Sie das Rentier vorziehen, bitte, genieren Sie sich nicht. *(Seufzer)* Fangen Sie ruhig an.
ARBASINO Majestät, man hat Sie immer als Märchenkönig bezeichnet ...
LUDWIG Ist das etwa nichts, hören Sie mal, in der zweiten Hälfte des neunzehnten Jahrhunderts, dieweil der Naturalismus Triumphe feiert und der Positivismus sein Unwesen treibt? In der Epoche von Charles Darwin, Karl Marx, Doktor Pasteur und Giosuè Carducci ...?
ARBASINO Entschuldigen Sie, aber war das alles von Ihnen beabsichtigt, oder hat es sich einfach so ergeben ...?
LUDWIG Glauben Sie wirklich, daß sich gewisse Dinge einfach so ergeben, ganz zufällig? Da heißt es rechnen, planen, schuften ... Schauen Sie doch zum Beispiel Walt Disney an!
ARBASINO Den mit der Mickey Mouse und Schneewittchen?
LUDWIG Und Disneyland, wohlgemerkt! Er war immer mein unverrückbarer geistiger Bezugspunkt, das größte und sublimste Vorbild, dem ich nacheiferte, Ziel und Zweck meines ganzen Lebens und meiner Laufbahn! Und mein braves Volk, das muß ich einräumen, hat immer größtes Verständnis dafür gehabt! Einst hat es mich verehrt und heute betet es mich an! Ich bin schon immer eine Legende gewesen! Hören Sie sich dagegen einmal ein wenig um, was man von meinem Vetter Wilhelm II. hält!
ARBASINO Schön und gut, aber Ihren Vetter Franz Joseph haben seine Österreicher doch immer sehr gern gehabt!
LUDWIG Natürlich! Er hat ja auch die Rolle des braven Papas gespielt, der den lieben langen Tag im Büro arbeitet und sich nie eine freie Minute gönnt und sich jeden Bissen vom Mund abspart! Und später spielte er dann den lieben Opa, der in aller Herrgottsfrühe aufsteht und spätnachts schlafen geht und mit Schreibfedern spart zugunsten seiner streberhaften Enkelchen! ... Wie unrecht, nein, seien Sie ganz still, lassen Sie sich das gleich gesagt sein, wie unrecht von den Lombarden und Venetern, daß sie nichts mehr von ihm wissen wollten! Wie konnten sie nur! Da hatten sie einen

Alberto Arbasino (links) und Seine Königliche Hoheit

perfekten österreichischen Verwaltungsapparat, alles funktionierte pünktlich und einwandfrei, ohne daß es eines Duce bedurfte, ohne einen einzigen Gewehrschuß, vom Schulwesen über die Krankenhäuser bis zur Post, der Justiz und den Museen ... und sie zetteln diese unüberlegten, verrückten Kriege an gegen die Heimat von Mozart, Beethoven und Schubert! Denn Mozart, Beethoven und Schubert waren ja so grausame Unterdrücker, nicht wahr? Und wozu das alles? Um sich mit wem zusammenzutun? Mit der Heimat von *O sole mio* und *Roma non far la stupida stasera!* ... Sind sie mit dem Tausch denn wenigstens zufrieden? Fühlen sie sich wohl? Wissen Sie, ich bin nicht mehr ganz auf dem laufenden, ich verfolge das alles nicht mehr so ...

ARBASINO Ach, soweit ich gehört habe, sind die Mailänder überglücklich, daß sie den Römern und Neapolitanern und Sizilianern und Sarden unter die Arme greifen dürfen. Und was die Venezianer betrifft, denen ist es noch nie so gut gegangen! Und die Triestiner ...

LUDWIG Das ist eure Sache, allein eure Sache, freut mich, herzlichen Glückwunsch ... Ich weiß nur, daß in jenem lächerlichen Krieg von 1866 Bayern gut daran getan hat, sich mit Österreich zu verbünden ... Sie erinnern sich doch, dieser Wahnsinnskrieg, in dem ihr alle Schlachten verloren habt ... bei Custoza ... und Lissa ... die letzte Seeschlacht zwischen Italienern und Italienern ... denn in der italienischen Flotte waren natürlich die Genueser und Neapolitaner, in der österreichischen dagegen lauter Venezianer und Triestiner, weil es in Wien ja bekanntlich keine Seeleute gibt und in den Alpen schon gar nicht ... Am Ende ist euch aber trotzdem ganz Venetien zugefallen, weil euer Bündnispartner, das schreckliche Preußen, den Krieg auch für euch gewonnen hat. Sich mit Preußen verbünden! Furchtbar! ... Aber ich grabe absichtlich gleich all die alten und vergessenen Geschichten wieder aus, um zu zeigen, wieviel kluges politisches Kalkül hinter den angeblichen Tollheiten des Märchenkönigs steckte!

ARBASINO Ach ja, 1866, wenn ich mich recht erinnere, hatte sich Italien mit Preußen ...

LUDWIG Mit Bismarck – welche Schmach – verbündet, um der Heimat Bruckners und Mahlers Venetien zu entreißen und es der Heimat Puccinis und Mascagnis anzugliedern! Und dann, 1915, im Weltkrieg, legt ihr euch schon wieder mit dem Land von Richard Strauß und Hofmannsthal und Wittgenstein und Klimt und Schönberg und Musil und Kafka und Doktor Freud an! Und warum? Damit Triest, der einzige Hafen ganz Mitteleuropas, endlich zu einem der vielen, kaum benutzten Häfen der Halbinsel wird! Wenn ihr nur zufrieden seid ...

ARBASINO Jetzt allerdings treiben wir in Italien die Sache voran ... das heißt zurück ... wir schaffen Regionen ...

LUDWIG Dann hättet ihr doch auch die Königreiche Piemont und Neapel, das Großherzogtum Toskana und den Kirchenstaat, vor allem aber die Herzogtümer Parma und Modena beibehalten können! Das wäre doch alles viel netter! Und die Bürger wären viel zufriedener!

ARBASINO Warum sehen Sie sich denn nicht ein bißchen in Ihrem Deutschland um?

LUDWIG Aber bitte, fangen wir doch nicht an, ganz Deutschland mit meinem Bayern in einen Topf zu werfen! Das sind zwei völlig verschiedene Dinge, ich bitte Sie! Darauf haben wir stets größten Wert gelegt! Was glauben Sie eigentlich? Bismarck und Preußen, immer habe ich versucht, ihnen zu wehren, denn es war doch von Anfang an klar, wie das enden würde! Zuerst Wilhelm II. und dann natürlich Hitler und der ganze grausige und unselige My-

thos vom Großdeutschen Reich, wie vulgär ... und überdies gefährlich, nicht wahr ...? Wo Deutschland doch, wenn man es bedenkt, immer ein ungemein reizendes Land gewesen ist, solange es in soundsoviele kleine Rokoko-Fürstentümer aufgeteilt war ... Und im übrigen – versucht doch, und das ist noch heute so, so geistreich zu sein und zu einem Bayern beispielsweise »ihr Deutschen« zu sagen ... Versucht es, nur zu! Ihr werdet schon sehen, was für Prügel es da setzt ... Und alles in allem beruhte ja unsere ganze bayerische Politik im neunzehnten Jahrhundert darauf, nie mit Preußen einig zu gehen ... Ihr Italiener, ja, ihr verbündet euch mit Preußen! Findet ihr das nett? Wir dagegen trachteten immer danach, uns mit anderen kleinen, aber sympathischen Königreichen zu verbünden: mit Hannover ... Sachsen (also Dresden!) ... Württemberg (also Stuttgart, Volkswagen, Mercedes ... sagt Ihnen das etwas? Aber ja doch, die Stadt von Porsche, ich bitte Sie!)

ARBASINO Dann jedoch, unglücklicherweise ...

LUDWIG Tja! Das können Sie wohl sagen! Der Krieg damals, 1870, zwischen Preußen und Frankreich ... schreckliche Sache ... Kant gegen Voltaire ... finden Sie das richtig? Hegel gegen Rousseau ... Schamrot könnte man werden ... Stellen Sie sich doch vor, wie mir zumute war, diesen nutzlosen, törichten und überdies für uns selbst schädlichen Krieg gegen das Land meiner angebeteten Ludwige – des XIV., des XV. und des XVI. – zu führen, gemeinsam mit diesem gräßlichen Bismarck, der uns kaum vier Jahre zuvor gerade erst besiegt hatte, auch durch eure Schuld!

ARBASINO Aber entschuldigen Sie mal, also wirklich ... wenn Sie doch selbst König von Bayern waren ... Wer hat den Krieg denn erklärt?

LUDWIG Ich habe alles getan, um mich zu widersetzen, puh! Und wissen Sie wie? Ich spielte den Sonderling, den Verrückten ... Ich versuchte die Sache hinauszuzögern, indem ich tat, als sei ich ein Prinz aus den Märchen der Gebrüder Grimm ... viele Schlitten ... viele Fackelzüge im Schnee ... viele Lilien und Gardeniensträuße, die ich in die Hütten der schlafenden Holzfäller warf, nur so zum Spaß ... wochenlang zog ich mich in meine schönen Schlösser zurück, ohne mich irgend jemandem zu zeigen, außer ab und zu einem Friseur oder einem Jagdhüter ... Und warum das alles? Lieber für einen extravaganten Sonderling gehalten werden, als einem idiotischen Krieg zustimmen, bei dem alles zu verlieren ist! Habe ich recht oder nicht?

ARBASINO Ja doch, und dann?

LUDWIG Und dann, und dann ... Man weiß ja, wie das so ist ... Ihr habt in Italien doch ganz Ähnliches erlebt, oder? 1914/15, wenn ich mich nicht täusche. Die Zeitungen sind allesamt für den Krieg, große Versammlungen mit schwachköpfigen Rednern, die behaupten, der Krieg sei etwas Herrliches und man mache eine erbärmliche Figur, wenn man sich heraushalte ... Nach einer Weile waren auch alle meine Minister und die ganze Verwandtschaft der Überzeugung, daß Bayern diesen Krieg gegen die Franzosen an der Seite Preußens unbedingt mitmachen müsse ... Auch wenn keiner je sagen konnte, warum ... diese fanatischen, emotionalen Dummköpfe ... auf, auf ins Feld ...!

ARBASINO Und wie haben Sie sich dagegen gewehrt?

LUDWIG Gegen eine ganze herrschende Klasse? Gegen ein ganzes Volk? Was sollte ich tun, ich ließ meine Minister wissen, daß ich sie viel zu häßlich fände und sie nicht mehr sehen wolle, wenn sie sich nicht schön verkleideten ... Eine

»... viele Schlitten... viele Fackelzüge im Schnee...«

Zeitlang schmollten sie, redeten allerlei Blödsinn daher, dann jedoch verkleideten sie sich als Tannhäuser und Lohengrin, welche Schmach! Aber dann fingen sie an, mich mit meinen Gefühlen zu erpressen... Mein ganzes angebetetes Volk, so sagten sie, wolle unbedingt in diesen törichten Krieg ziehen...

ARBASINO Und das geliebte Bayernvolk?

LUDWIG Ach, weiß Gott, wie es dazu stand... Viel besorgniserregender war doch, daß selbst meine teuersten Freunde, meine Friseure und Jagdhüter, und auch die Schauspieler und Regisseure, ja sogar die Sopranistinnen! unfaßbar!... am Ende anfingen, Berlin zu verherrlichen und Paris in den Schmutz zu ziehen!

ARBASINO Welch Sakrileg!

LUDWIG Welche Verfehlung! Sagen wir ruhig: welche Schwachköpfe! Und ich? Was sollte ich denn tun? Allein gelassen mit meinem Mythos von Paris und einer abgrundtiefen Abneigung gegen alles Preußische, Bismarckische, Wilhelminische und Berlinerische?... Euer König Umberto I. ist auch darauf hereingefallen, nicht wahr? Kurzum, ich war, glaube ich, der einzige, der erste, dem klar war, daß wir Bayern bei diesem Preußenkrieg alles zu verlieren und nichts zu gewinnen hatten!... Und so ist es ja auch gekommen...

ARBASINO Und dann?

LUDWIG Und dann... und dann... Was kann man da tun?... Was vermag ein Herrscher, wenn er merkt, daß sein ganzes, wirklich das ganze, geliebte Volk eine Torheit will?... Man gewährt sie ihm... wenn auch widerstrebend. Und so, höchst widerstrebend, wohlgemerkt ... bin ich eines schönen Nachts ... schlafen gegangen ... und habe an der Tür ... wie im Hotel, Sie wissen doch, die Frühstücksbestellung, die man an die Türklinke hängt ...? Ja? ... Ich habe also eine kleine *note* hinterlassen ... auf der stand ... Warten Sie, was stand doch gleich darauf ... diese kleine *note* damals ... Ach ja, es stand darauf: *»Eh bien, qu'on fasse cette guerre«* ... Was natürlich heißen sollte: Machen wir ihn eben, diesen Sch ...

ARBASINO *(hustet heftig)*

LUDWIG Ja, auf französisch also, nicht wahr, sie haben es bemerkt, diese *note* von mir ... wo es doch um diesen leidigen Krieg gegen die Heimat Baudelaires ging ... Schade nur, daß dieser Film, den ihr mir neulich in eurem Land freundlicherweise dediziert habt ... von Herrn Visconti, glaube ich ... sich gar nicht bemüht hat, diese und viele andere Feinheiten zu berücksichtigen ...

ARBASINO Welche denn, zum Beispiel?

LUDWIG Ach, zum Beispiel ... ach was, nicht der Rede wert, diese Episode mit der Sopranistin! ... Ich hatte im Park von Linderhof doch diese gewaltige, künstliche blaue Grotte aus Pappmaché bauen lassen ... phantastisch, sage ich Ihnen! ... Mit riesigen Stalaktiten und Stalagmiten, versteht sich ... und auf dem See konnte man sogar Boot fahren ... nicht schlecht, diese Gondel ... wirklich ... mit dem kleinen Amor am Bug und ansonsten in der Form eines flaumigen Schwans ... für gut und gern drei, vier Personen ... und dann ruderte man zum Loreley-Felsen ... ebenfalls vergoldet ... und beheizt, versteht sich!

ARBASINO Und der Hintergrund?

LUDWIG Ja freilich, der Hintergrund ... ein riesiger Bühnenvorhang ... auf den ... ja, ja ... der erste Akt des Tannhäusers gemalt ist ... hausgemacht ... zum Lachen ... Und hinter dem Vorhang spielte die Königliche Münchner Philharmonie, die eigens heraufgeholt wurde, das Präludium, während ich mich auf dem blau illuminierten See umherrudern ließ ... mit meinem Eis oder meinem Mousse ... das waren Mitternachtsspektakel, ach ja ...

ARBASINO Pflegten Sie vorher oder danach zu dinieren, Majestät?

LUDWIG Ah, Gottseidank, mein Freund, Gottseidank, daß Sie »dinieren« sagen und nicht »zu Abend essen«, wie sonst immer diese vulgären Leute ... in Italien ... Diese Proleten, die nie wissen, daß ein eleganter Herrscher niemals zu Abend ißt ... sondern stets diniert ... Nun, mein Freund, ich gestehe Ihnen, daß ich vorher zu dinieren pflegte, in Gesellschaft der Büsten Ludwigs XVI. und meiner Cousine Marie Antoinette ... Überaus angenehme Tischgenossen ... sagten nie Dummheiten ... kamen und gingen auf Befehl ... Und wenn ich mal ein wenig wütend wurde ... oh, oh ... dann ohrfeigte ich sie ab und zu ... ha, ha ... zu komisch ... wenn ich bedenke, daß ich doch eigentlich vor allem die Hohenzollern verabscheut habe ... ha, ha ... meine Mama zum Beispiel ... wissen Sie, wie ich sie nannte? Witwe meines Vorgängers!

ARBASINO Wir sprachen von der Sopranistin ...

LUDWIG Ach ja, die dumme Gans ... Ha, ha ... sang den Tod der Isolde, bei mir in der Gondel ... in der Schwanengondel ... ha, ha ... nicht übel, das muß ich schon sagen ... und auf einmal ... mir nichts, dir nichts ... fällt sie mir um den Hals, ha, ha, statt zu sterben ... ha, ha, der Tod der Isolde, so etwas!

ARBASINO Und Ihre Majestät?

LUDWIG Ha, ha, was habe ich gelacht ... ich habe sie ins Wasser geschubst ... mit ihrem Isoldekostüm und allem ... hat sich eine Lungenentzündung geholt ... um ein Haar wäre sie ertrunken ... am nächsten Morgen ist sie in aller Frühe abgereist ... ha, ha ...

ARBASINO Haben Sie noch andere Einwände gegen den Film, Majestät?

LUDWIG Den wichtigsten Punkt hat man überhaupt nicht begriffen: den Einsatz der Technik in der Welt der Träume! In allen meinen Schlössern ... und da überlasse ich euch, der Nachwelt, das Urteil: soll man Märchenschlösser bauen, welche den Leuten gefallen und mit denen man noch dazu ein ausgezeichnetes Geschäft macht, denn selbst wenn sie viel Geld kosten, amortisieren sich durch die Eintrittskarten binnen kürzester Zeit doch sämtliche Baukosten – und Einkünfte aus dem Tourismus sind doch alle netto, nicht wahr, wie in Disneyland? Oder soll man lieber diese schwachsinnige Realpolitik wie Bismarck und Wilhelm II. und Hitler betreiben und das ganze Volksvermögen sinnlos für Rüstung und Krieg hinauswerfen, mit den Folgen, die man ja gesehen hat? Nicht wahr? Aber ich will nichts gesagt haben! Wir sprachen von meinen herrlichen, wunderbaren Schlössern ... ein Triumph des Kitsches, wie die Leute ihn lieben ... Widersprecht mir ruhig, wenn ihr könnt ... Wir sagten: der wichtigste Aspekt ist der Einsatz der modernsten Technik in der Welt der märchenhaftesten Träume plus Wagner plus Gebrüder Grimm! Ist Ihnen der Vergleich mit Disneyland jetzt klar?

ARBASINO Ja, ja, völlig klar ...

LUDWIG Sehen Sie, die Küchen, die Aufzüge, die Klingeln, die Heizung und die hydraulischen Anlagen in sämtlichen Schlössern sind das Modernste, Schickste, Raffinierteste, was man sich 1880 vorstellen konnte ... Ist das etwa nichts? Das Baumaterial, mit dem man das Rokoko und die Neugotik wiedererstehen ließ, kommt samt und sonders aus der Industrie! Die Blaue Grotte ruht gar auf einem Gerüst aus Stahlbeton! Außerordentlich stabil also! Und mit Glimmersplittern überdeckt, um Felsgestein vorzutäuschen! Nebenan steht ein Elektrizitätswerk mit vierundzwanzig Dynamos! ... Eines der ersten in ganz Deutschland! ... Um den See zu illuminieren und den Wasserfall in Gang zu setzen! Und wo heute die Scheinwerfer sind, die das wechselnde Licht in allen Farben erzeugen, befanden sich damals, 1880, Bogenlampen! Die Lämpchen unter Wasser aber sind immer noch dieselben!

ARBASINO Majestät, Majestät, wie konnte jemand Sie je leichtfertig als Exzentriker abstempeln?

LUDWIG Ach, mein Freund, wir waren allein, und wir waren unserer Zeit voraus. In unseren Schlössern hatten wir die erste Zentralheizung, aber sogar unser Freund Wagner war nach der Schlacht bei Sedan zum hemmungslosen Verfechter des Pangermanismus geworden ... Im übrigen hat Bismarck unsere Zustimmung zu diesem unseligen (weil gewonnenen) Krieg gegen Frankreich vor allem deshalb bekommen, weil er sich erboten hat, heimlich die ungeheuren Schulden zu bezahlen, die durch den Bau unserer Schlösser entstanden waren!

ARBASINO Erzählen Sie, erzählen Sie ...

LUDWIG Nun ja! Aber besichtigen Sie sie heute ... oder wann Sie wollen, selbstverständlich! und dann sagen Sie selbst! ... Man hat uns oft bezichtigt, ein Exzentriker und Verschwender zu sein ... aber sagen Sie doch selbst, sagen Sie ... Soll man den Reichtum der Nation lieber für Nazikriege hinauswerfen, die allen nur Unannehmlichkeiten machen und das ganze Land auf den Hund bringen ... oder soll man nicht lieber einen Teil dieses Geldes dazu verwenden, ein köstliches Disneyland zu errichten ... das den Leuten gefällt ... und keinem wehtut – außer allenfalls dem ach so lächerlichen guten Geschmack –, das sich binnen weniger Jahre amortisiert ... und durch den Tourismus auch fürderhin rentabel bleibt und somit unserer Wirtschaftsbilanz sehr guttut? ... Also, ich weiß nicht, sagen Sie doch selbst, ich verstehe das nicht, wahrhaftig ...

(Krönungsmusik mit Chören, Harfen und Orgel)

ARBASINO Was ist das denn für eine Musik?

LUDWIG Ach, nichts, nur meine Krönungsmusik. Gehen wir, gehen wir ruhig, das machen die jeden Tag.

(Krönung und Schluß)

GIORGIO MANGANELLI

Von der Unzucht mit Steinen: Antoni Gaudí y Cornet

MANGANELLI Ich möchte mich mit der Anrede Meister an Sie wenden, irgendwie jedoch widerstrebt mir diese Bezeichnung.

GAUDÍ Aber natürlich, mein Lieber; Meister wessen? Habe ich etwa eine Schule gehabt, habe ich weise Lehren verbreitet, habe ich einen würdigen Tod gehabt, ein von weinenden Schülern umringtes Sterbebett?

MANGANELLI Sie haben in einem nackten, ärmlichen, unordentlichen, phantasielosen Zimmer gelebt: sonderbar für einen Gaudí.

GAUDÍ Sie irren: glauben Sie nicht, daß die Unordnung eine Form von Phantasie ist? Glauben Sie nicht, daß Phantasie in erster Linie Unordnung ist? Wenn mich an diesem Zimmer etwas verdroß, dann dies: nie war es unordentlich genug. Tendenziell war es ordentlich, so als hätte ich eine Geistergattin geehelicht, die das Zimmer jedes Mal, wenn ich mich entfernte, auf irgendeine Weise in seine Nacktheit zurückversetzte.

MANGANELLI Sie waren nicht verheiratet.

GAUDÍ Natürlich nicht; das Weib ist heilig, doch unvereinbar mit der Unordnung; es ist edel, duldet aber kein Kleingetier; es ist zärtlich, will aber eine weiche Wohnstatt, und schließlich ist es – ein unerträglicher Umstand – gesellig. Wie kann ein Mann denn sterben, wenn er stets von jemandem abgelenkt wird, der ihm in unverwandter und treuer Geselligkeit zur Seite steht?

MANGANELLI Nicht immer ist eine Gattin treu, und nicht immer sind die Frauen dem Tod ihrer Lieben so abgeneigt.

GAUDÍ Mein Lieber, ist bin ein seriöser Mann; ein ernster Mann, möchte ich sagen, so wie eine Krankheit ernst ist, eine Mißbildung der Knochen, eine peinsame und anhängliche Entartung des Blutes. Nur eine treue Frau würde zu einem solchen Mann passen: eine chronische Gemahlin. Und was den Tod angeht, ist Treue nicht nötig: ist es doch die sündige Aufgabe der Frau, den Mann von seinem Tod abzulenken. Und ich wollte nicht abgelenkt werden.

MANGANELLI Sie bemerkten jedoch, daß eine freundliche Hand, eine Art unsichtbarer Gattin, Ihnen das Zimmer aufräumte.

GAUDÍ Ich brauchte eine Weile, bis mir klar wurde, daß selbige keine Imitation einer Ehefrau war, noch räumte sie, wie Sie sich abscheulicherweise ausdrücken, im eigentlichen Sinn mein Zimmer auf. Wissen Sie, ein unordentliches Zimmer ist in seiner Weise ein lebendiger, ein verderbter Ort, und auch die Krankheit, jene Krankheit, für die ich ein Beispiel war, ist eine tückische und gewitzte Form von Leben...

MANGANELLI Dann liebten Sie diese Zersetzung der Gegenstände, ihre fleischliche Bestimmung also nicht?

GAUDÍ Doch, doch: ich liebte sie, diese Zersetzung, doch da ich ein bescheidener und unbedeutender Sünder bin, liebte ich sie bisweilen als zersetztes und mithin vervielfachtes, als zersetzendes und mithin tödliches Leben; ich selbst war – Sie werden eine Photographie von mir gesehen haben – ein unschöner, widerwärtiger, neurolabiler Mann, ein Witz der Natur, und doch liebte ich mich zuweilen – stellen Sie sich die Ungeheuerlichkeit vor, ich liebte mich – als lebendes Wesen; zuweilen liebte ich mich als Krankheit, was weniger schändlich war; zuweilen schließlich liebte ich mich als notwendige, obschon im Angesicht des Todes unliebsame und vertrackte Erfindung; und dies war eine rechtmäßige Vorliebe für die eigenen Glieder. Sehen Sie, jene Pseudogemahlin, die mir das Zimmer aufräumte, gemahnte mich, daß die Unordnung zwar krank und wunderbar letal, jedoch allein die Ordnung endgültig ist; mein Zimmer also war so sauber wie der Anfangsbuchstabe »I«; Dies Irae; ein »I«, groß genug, um meinen lebendigen und toten Leib aufzunehmen – wie Ihnen ja bekannt ist, bin ich auf lächerliche, ja äußerst witzige Art gestorben –, ich war nämlich ein sehr witziger Mensch, müssen Sie wissen. Ich bin unter einer Straßenbahn gestorben. Stellen Sie sich vor: Gaudí findet den Tod unter einem Objekt, das so sehr den Fortschritt verkörpert! Das ist, als würde man eine Fiale füsilieren, finden Sie nicht? Aber ich schweife ab.

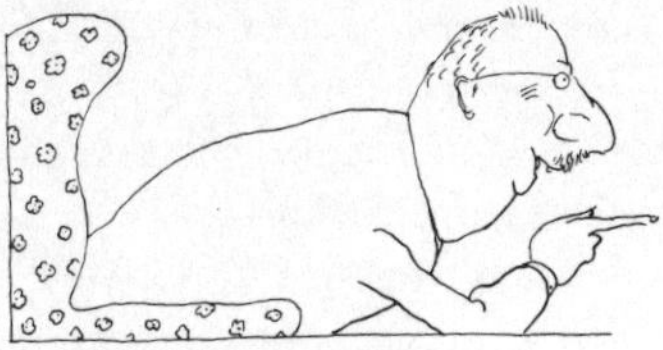

»Sie waren nicht verheiratet.«
»Natürlich nicht; das Weib ist heilig, doch unvereinbar mit der Unordnung...«

MANGANELLI Oh, das glaube ich nicht; Unordnung und Krankheit und Tod sind in allen Häusern, allen Kirchen, allen unvollendeten Fassaden, die Sie gebaut oder auch nur ersonnen haben.

GAUDÍ Krankheit, mein Freund, gewiß; Tod, reichlich Tod, der Unordnung indes nie genug. Wenn Sie wüßten, wie schwierig es immer war, unordentlich zu sein...

MANGANELLI Ihre Bauwerke vermitteln einen ungewöhnlichen Eindruck von, verzeihen Sie mir, ausschweifendem, anstößigem Leben...

GAUDÍ Sie meinen, daß, sagen wir, meine Balkone sündig waren? Das freut mich sehr, wissen Sie? Daß jene Fialen... sagen wir... dirnenhaft waren? Wissen Sie, daß ich eine Hurenkirche gebaut habe?

MANGANELLI Ich kenne sie, glaube ich.

GAUDÍ Wenn Sie wüßten, wie fromm sie ist; einen geheiligten Ort galt es mit Sünde anzufüllen, um absolut sicher zu sein, daß er unwiderruflich heilig würde... Es bedurfte des Schmutzes, der Zweideutigkeit, des Zwinkerns eines scheelen und lasterhaften Auges, eines versteinerten Geruchs nach Wein, man mußte Schlupflöcher in der Kirche schaffen, eine Stundenkirche daraus machen, einen anrüchigen Ort, denn eine Kirche, Sie werden es bemerkt haben, nicht wahr, eine Kirche ist ein ungemein anrüchiger Ort, all die Sünder, diese tätigen Sünder, versteht sich, und diese ganze Todeslust, das Blut – und welches Blut –, das von den Wänden trieft... Nicht einmal ein Säuferbordell ist so gänzlich ruchlos und mithin heilig. Nun werden Sie sagen, daß ich keusch war, fromm, nicht wahr?

MANGANELLI Nein, derart Vulgäres habe ich nie behauptet.

GAUDÍ Das freut mich. Ich habe Unzucht mit Steinen getrieben, das ist offenkundig; weniger offenkundig ist vielleicht, daß die Steine meine Dirnen, meine Garconnièren waren ... Welcher Unterschied besteht zwischen einem Strumpfband und einem Architrav? Schließlich sind beide von Fleisch.

MANGANELLI Von Fleisch?

GAUDÍ Gewiß doch, Fleisch; damit meine ich nicht, daß sie eine Allegorie auf das Fleisch sind, sondern daß sie wahrhaftig Fleisch sind; warum sonst hätte ich einer unkeuschen Liebe zu einem Portal wegen die Verdammnis riskiert, warum hätte ich mich mit Türklinken und Schirmständern an anrüchigen Orten verabredet, warum hätte ich Decken, Simsen und Balkonen Anträge gemacht, die mich noch heute schamrot werden lassen, warum Nächte unzüchtiger Schlaflosigkeit verbracht, um einem Kamin zu huldigen? Fleisch, mein Freund, Fleisch; Krankheit, Unreinheit, Tod. Fleischliche Sünden, steinerne Sünden; wenn dein Fleisch nicht mehr eins ist mit deinem sündigen Tun, verwandeln sie dich, einen Fleischfresser, in versteinertes Fleisch, und was kommt nach und nach aus dir heraus? Dein innerstes Gestein, die weißen Steine deines Gebeins; und aus diesen Steinen habe ich meine Kathedralen gebaut, die Häuser, Schlafgemächer, zweideutigen Türgriffe, die Ohren, die sich öffneten zum Fluch des einzigen Ohrs, das in den Himmeln sich wahrhaft zu öffnen vermag ... Sie denken, ich war eine Kanaille? Ich war es, jawohl, aber auf so schamhaft allegorische Weise! Ich hatte die Aufgabe, eine allegorische Art des Sündigens zu finden: deshalb hat mich Gott, der ein Bonmot zu schätzen weiß, von einer Trambahn zermalmen lassen. Eine sehr subtile, eine sehr feinsinnige Allegorie. Vielen, fürchte ich, ist das entgangen.

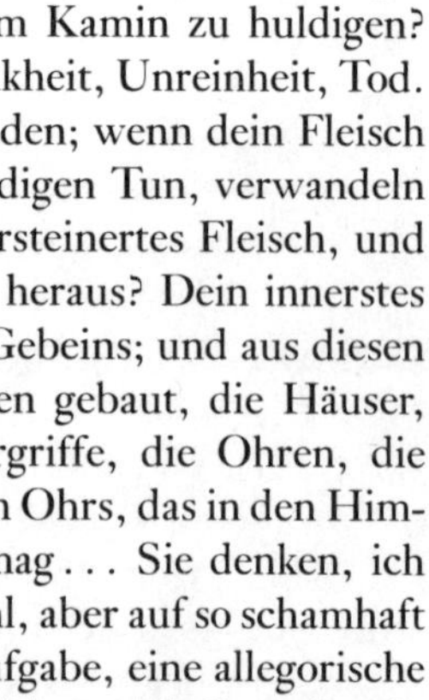

MANGANELLI Was ich aber nicht verstehe, ist diese Geschichte mit dem Fleisch... diese Architraven, Sie wissen schon, die Strumpfbänder. Sprechen Sie in Symbolen?

GAUDÍ In Symbolen? Ich, in Symbolen? Mein Lieber, welch verhängnisvolles Mißverständnis! Ihr seid es, fürchte ich, die in Symbolen sprecht! Ich bin Realist, folglich spreche ich in Allegorien; und was das Fleisch betrifft, so hielt ich es für unbestritten, daß alles, aber auch alles, von Fleisch ist.

MANGANELLI Aber die Steine... ist es da nicht anders? Und die Pflanzen?

GAUDÍ Können Sie in irgendeinem meiner Häuser unterscheiden, was fleischlich, was pflanzlich, was versteinert ist? Ich war dazu nie imstande; Steine, wissen Sie, sind unlauter – ja, sie sind fürwahrlich untreu.

MANGANELLI Sie sprechen von der Unlauterkeit der Steine: wollen Sie damit behaupten, daß sie Leben haben, Leidenschaften und so weiter?

GAUDÍ Ich will damit sagen, daß alles von Fleisch ist, von nichts sonst; und es besitzt Schläue, Bosheit, den Überdruß seiner selbst, die innerliche Krankheit, den Wunsch, nicht zu sein, den Drang nach Abwesenheit, die Verderbtheit, die Begierde zu träumen und letztlich die allem Fleisch eigene Hoffnung, sich seiner Fleischlichkeit zu entledigen. Aber wenn das nicht klar ist – und euch ist es vermutlich nicht klar –, ihr denkt über mich vielleicht in einer Weise, die mir gar nicht zusteht... Ein Architekt war ich nicht, das steht fest.

MANGANELLI Was waren Sie dann?

GAUDÍ Ich war ein Hirte von Gestein, ein Kuppler von Steinen, ein Beichtvater für Kiesel, ein Verführer von Felsen, ein Missionar im Sand, ich war, mit einem Wort, ein Steinzüchter.

MANGANELLI Ein Steinzüchter: was soll das heißen?

GAUDÍ Sie haben natürlich nie Steine gezüchtet, nicht wahr? In Ihrer Zeit, nehme ich an, ist das nicht üblich; auch zu meiner Zeit war es übrigens nicht üblich. Zudem ist es nicht rechtens, sich »Steinzüchter« zu nennen. Steine lassen sich nicht züchten. Sie wachsen. Natürlich wachsen sie langsam: aber sie wachsen. Und sie wachsen nicht nur, sondern durchlaufen, wie soll ich sagen, Metamorphosen – diese fallen meist mit ihrem Tod zusammen; aber nicht immer.

MANGANELLI Die Steine sterben? Und werden – wie denn, was denn?

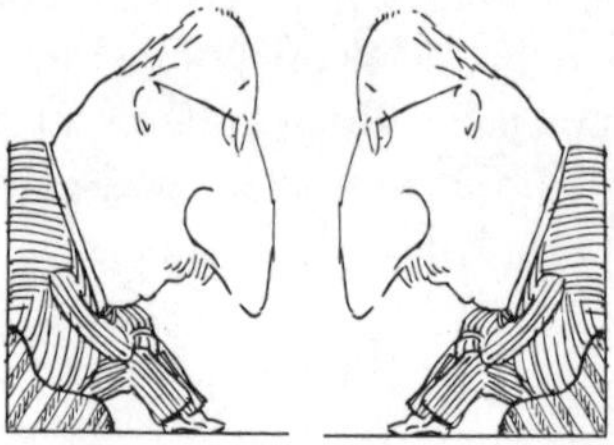

GAUDÍ Gewiß sterben sie, was sonst? Wenn sie geboren werden, sterben sie auch. Aber es ist ein so langsamer Tod, daß man schon gar nicht mehr darauf achtet. Im allgemeinen sind die Steine, die geboren werden sollten, fast alle geboren; hin und wieder aber stößt man auf einen neugeborenen Stein – er kann noch nicht einmal sprechen, ist so zart ... für diese Steinchen, die einmal wer weiß was werden, Bergspitzen im Himalaja, Ingenieure, Päpste, empfinde ich große Zärtlichkeit; wenn sie wüßten, wieviel Mühe sie erwartet. Wie werden Steine geboren? Auf vielerlei Weise: einige durch Schwangerschaft eines flatterhaften Findlings, denn unter Steinen gibt es keine Ehe; andere durch Retrogression: ein Stein wird zur Pflanze und wählt bei seinem Tod die erneute Steinwerdung ... Auch alle Tiere sind voller Stein, ihr Lebenden geht mit Steinen schwanger, und der Tod ist nichts anderes als eine Entbindung. Die Steine sind also unsere Kinder.

MANGANELLI Ein Stein, sagen Sie, stirbt als Pflanze oder wird als solche geboren?

GAUDÍ Ungefähr so: ein zerbröckelnder Stein verleiht, indem er stirbt, einer Pflanze Leben. Fangen Sie an zu begreifen? Ich habe nichts gebaut: ich habe Steine an der Schwelle des Todes gesammelt und zusammengeführt und abgewartet, was dabei herauskommt, das ist alles.

MANGANELLI Ihre Bauwerke sind also Agonien.

GAUDÍ Auch Agonien, aber nicht nur, doch es ist wahr; und sie sind müde und verbraucht, denn der Tod oder die Entsteinung, wie ich es nenne, ist eine jahrhundertelange Qual. Sehen Sie, es gibt mönchische Steine von rauhem, störrischem Gehabe, denen man gestattet, in Flechten, im Moos, in Eichen oder was weiß ich heranzuwachsen. Andere – denn ihnen wohnt eine Art verborgenen Willens inne – ziehen es vor, Algen zu sein, denn der Übergang von der Alge zum Fisch ist – wenngleich sehr lang – relativ schmerzlos, da zahlreiche, zu Pilzen gewordene Steine lange Zeit in diesem Zustand verharren und sich gleichsam als Geburtshelfer oder Klageweib betätigen, was in dieser Meereswelt keinen Unterschied macht. Sehen Sie, mit List und Tücke suchte ich immer jene Steine aus, die Algen zu sein begehrten, und solche, die Algenspuren und zugleich die Vorahnung des Fischseins in sich trugen: selbige Steine nun produzierten auf völlig natürliche Weise um sich herum einen submarinen Traum und nach und nach ein Delirium, und ich in meiner Niedertracht, wie weidete ich mich an ihrer Krankheit, an ihrer kaum bewußten Verzweiflung, nicht mehr in ihrer Welt der Tiefe, im Meer zu sein, sondern anderswo, in einer Straße ... Jetzt wissen Sie, daß ich ein Fischer von Steinen war, welche ich, ein Sadist, im Zustand des unvollendeten Todes zu halten liebte – ein Todeskampf ohne Rast und Ruhe.

MANGANELLI Sie haben Häuser so gebaut, wie man ein Verbrechen begeht?

GAUDÍ Daß ich auch verbrecherisch war, ist unbestreitbar, würde ich sagen. Doch scheint mir das nicht das Wesentliche. Sie behaupten, ich hätte Verbrechen gebaut: dem pflichte ich bei. Worauf es indes ankommt, ist nicht, daß ich ein Verbrechen begangen habe, sondern daß ich – ich weiß nicht, ob Sie verstehen, was ich meine – die Agonie der Welt in ihrer Fleischlichkeit sichtbar gemacht und festgehalten habe ... recht vertrackt, was? Wenn aber die Welt von Fleisch ist, und ich Mittel und Wege finde, dieses Fleisch zu bearbeiten, ohne ihm den Trost des Todes zu gewähren;

wenn ich Meisterwerke errichte aus Agonien, aus unvollständigen Erlösungen, aus Peinigungen und Krankheiten – all diese Zuckungen, diese Schwangerschaften vom Stein zur Pflanze, von der Pflanze zum Fisch oder von der Pflanze zur Eidechse ... diese geistigen Übungen eines Waldes aus fleischernem Stein in Gestalt einer Kirche ... Sie verstehen? Auch das bin ich: ein Pönitentiar, ein Inquisitor.

MANGANELLI Ich verstehe. Aber auch in uns sind Steine ...

GAUDÍ Gewiß, gewiß. Sie glauben, daß aus Steinen Menschen werden, nicht wahr? Beinahe ist es so. Sehen Sie, die Steine, die sich in ihrem steinernen Zustand verspäten, treiben sich in irgendeiner Weise in ihrer Verdammnis herum: sie zerteilen sich, sie zerfallen, sie krümmen und winden sich und kommen nie aus ihrem Zustand heraus: solche Steine sind, moralisch betrachtet, ein wenig minderwertig, aber nicht sehr; jedenfalls leiden sie unter ihrer Unfähigkeit, ihr Steinsein zu beenden. Sie verstehen?

MANGANELLI Ich weiß nicht recht.

GAUDÍ Aber das ist doch ganz einfach, mein Lieber. Die Steine, die nicht sterben noch sich kraft ihrer stummen und täglichen geistigen Übungen verwandeln, befinden sich gleichsam in einem Leben, das nach Hölle schmeckt und doch nicht die Hölle ist, weil es der Würde der Ewigkeit entbehrt. Gepeinigt von ihrer eigenen Niedrigkeit, wuchern diese Steine in bizarren Formen: sie dehnen sich, verschlingen sich, Löcher reißen in ihnen auf, sie verfinstern sich – die manisch-depressiven Felsen – zu Schluchten, recken sich – die Megalomanen – zu Bergspitzen auf, die Narzißten polieren sich unaufhörlich ...

MANGANELLI Ihre Häuser sind also ...

GAUDÍ Warten Sie. Wenn ein minderer Stein eine solche Form angenommen hat, so kann er in dieser Gestalt Jahrtausende ausharren: erschöpft, verzagt oder sich selbst überlassen; vielleicht ist es auch ihre Art zu beten. Doch nun der springende Punkt: diese Steine suggerieren den anderen Steinen die Formen, die sie annehmen können. Glatte Steine verführten manch wählerischen, porösen Stein dazu, Fluß- oder Meeresstein zu werden, und diese Verquickung gab anderen die Bewegung der Algen ein, wie ein Schnittmuster aus einer Frauenzeitschrift; die Kräuter wurden von Felsspalten ersonnen, die Wälder von Schluchten, und die Höhlen boten sich dem Hunger, der Furcht, der Unterwürfigkeit, der Anstößigkeit der Tiere und endlich des Menschen an, während andere, in sumpfigem Gewässer aufgeweichte Steine fliegende Ungeheuer aus ehrgeizigeren und unvorsichtigen Steinen hervorriefen. Können Sie mir folgen?

MANGANELLI Ich folge Ihnen, freilich ungläubig.

GAUDÍ Ungläubig, nicht wahr? Für Sie ging der Mensch also hin, um in einer Höhle zu leben, nicht wahr? Die Höhlen waren aber seit Jahrtausenden da und harrten des Menschen. Und ist ein Haus vielleicht etwas anderes als eine Höhle, bloß weil es nicht Höhle genannt werden will, so wie eine emporgekommene Kupplerin einen Adelstitel begehrt? Darum sind meine Häuser Höhlen; denn so kann der Mensch in sie einziehen; aus euren Häusern kann man nur ausziehen. Und ich habe sie nicht gebaut: ich habe den Steinen nur Beistand geleistet, nichts weiter; in ihren Bestrebungen und auch in ihrer Not. Aber ich habe kein Mitleid mit den Steinen.

MANGANELLI Doch Ihre Häuser, Ihre Kirchen sind nicht nur Höhlen, die den Menschen rufen. Nehmen wir einmal an, Ihre ungeheuren Kamine auf den Hausdächern . . .

GAUDÍ Sie haben, seien Sie mir nicht böse, überhaupt keine Phantasie. Wenn die Höhlen den Menschen gerufen haben . . . Sie verstehen, was ich meine?

MANGANELLI Vielleicht . . . Nein, ich glaube nicht.

GAUDÍ Wo kamen einst die Hexen herab? Durch den Kamin, oder? Der Kamin hatte also die Hexen erzeugt. Dabei waren das ganz gewöhnliche, uninteressante Kamine. Einmal angenommen, ich wollte der Erzeugung einer großen Hexe Vorschub leisten . . . eines

Wesens, weit mächtiger als eine Hexe oder alle Hexen zusammen . . .

MANGANELLI Eines Dämons?

GAUDÍ Eines Dämons, mein Lieber. Und der Dämon ist anspruchsvoll; wählen wir also Steine, die zugleich ehrgeizig, narzißtisch, schizophren, sündig und einsam sind und lassen sie in Form eines Kamins wachsen, eines gewaltigen, glorreichen Kamins, mit all seinen offenen Mündern, derart, daß sie den vorsichtigen Menschenwesen als bloße Öffnungen erscheinen, durch die der Rauch austritt; wer aber draußen ist, dem zeigt sich, was sie wirklich sind: Tore, immerdar weit geöffnete Pforten, um – sagen wir – einen König anderer Art zu empfangen, nicht jene kläglichen Hexen zum Verbrennen . . . und eines Tages vielleicht . . .

Die Kirche
Sagrada Familia
in Barcelona

MANGANELLI Aber die Kirchen?

GAUDÍ Ach ja, die Kirchen. Ist das denn nicht klar? Ist das nicht schrecklich klar? Wenn ich all die sündhaften, sich gegenseitig verderbenden Steine, diese erbärmlichen, erschöpften, einander überdrüssigen Steine zusammentrage... Wenn ich sie in jene zweideutige, verdächtige und unterwürfige Form bringe... Aber hier gab es ein anderes Problem: wie groß mußte die Tür sein...? Und anfangs verstand ich nicht, ich suchte einen Ort des äußersten Unbehagens für die Steine zu erschaffen... Ich wollte die Maße ein wenig, nur ein klein wenig verändern... damit etwas gänzlich Widernatürliches geschehen könne... Dann kam mir die Erleuchtung.

MANGANELLI Die Sagrada Familia.

GAUDÍ Sehen Sie, ich tat, als würde ich meine Steine dorthin bringen: oh ja, es waren lasterhafte Steine: aber ich wußte, die Kirche würde nicht gebaut werden. Darum machte ich nur die Fassade: eine schiefe, fingierte Fassade, aufgeputzt wie ein Freudenmädchen und zugleich übersät mit allen Blatternnarben der Welt... Diese Fassade war eine Täuschung: die Kirche war dahinter, sie war das Nichts, das Nichts war die Welt, und die Fassade war ein Wink, nichts weiter.

MANGANELLI Und so...

GAUDÍ Was wollen Sie? Warten wir ab: tausend, eine Million Jahre, auf immer. Die Kirche, die es nicht gibt, sie ist erbaut worden. Ihre Grenzen reichen, technisch gesehen, von ihr selbst zu ihr selbst: die ganze Welt. Warten wir. Mehr können wir nicht tun, weder ich noch die Steine.

»Herr Zet träumt, mir außerhalb des Traums zu begegnen und spricht von einer wirklichen Begegnung, Komma, die er gerade jetzt erlebt.«

EDOARDO SANGUINETI

Papa! Papa! Papa!: Sigmund Freud

FREUD Nur herein, kommen Sie bittesehr, fühlen Sie sich wie zu Hause. Hier empfange ich meine Patienten, wann ich will. Sie haben doch sicher mein schönes, glänzendes Messingschild dort am Eingang gesehen, auf dem steht: »Ständige Sprechstunde, bei Tag und Nacht«.
SANGUINETI Natürlich habe ich es gesehen. Aber sehen Sie, ich komme gar nicht als Patient hierher.
FREUD Das sagen alle. Aber hier sind wir doch notwendigerweise alle Patienten. Im Jenseits, Verehrtester, ist man Patient, oder man ist gar nicht da. Genauso übrigens, wie auf unserem alten Planeten. Sie können mir also ruhig sagen, an welchen Störungen Sie leiden.
SANGUINETI Es handelt sich nicht um Störungen, erlauchter Professor, auch wenn mir bewußt ist, daß ich Sie nicht eben wenig störe. Es geht mir lediglich um ein paar – übrigens ganz bescheidene – Fragen, die ich Ihrer Aufmerksamkeit zu unterbreiten beabsichtige.
FREUD Fürchterliche Ausdrucksweise, zuerst einmal. Und wenn es um Fragen geht, dann will ich Ihnen gleich sagen, daß ich es bin, der hier Fragen stellt, nicht Sie. Das müssen Sie schon verstehen, schließlich ist es mein Beruf. Aber was stehen Sie denn so zögernd und betreten herum? Machen Sie es sich doch auf der Couch bequem, legen Sie sich schön hin, gerade als ob Sie ein Nickerchen machen wollten, nur zu! Jetzt konzentrieren Sie sich, schließen die Augen, entspannen sich, ja, so ist es recht. Sprechen Sie ruhig, wenn Ihnen danach zumute ist, aber lassen Sie sich dabei gehen. Ich setze mich dorthin, außer Sicht, und mache mir nur ab und zu ein paar Notizen, wenn Sie gestatten.
SANGUINETI Aber eigentlich wollte doch ich mir ein paar Notizen machen.
FREUD So sind sie alle, mein Lieber, alle; es ist eine Epidemie. Solche wie Sie kommen jeden Tag, ich weiß nicht wie viele. Beim nächsten Jenseits-Kongreß werde ich einen klei-

nen Vortrag über dieses Thema halten. Ich habe mir gedacht, dieses Syndrom »Tauschneurose« zu nennen. Wie Sie feststellen können, besteht es in dem Versuch eines Rollentausches, mit dem Wunsch, die Rollen zu ändern und die Beziehungen umzukehren. So als ob Sie beispielsweise als Bruder einer Schwester die Schwester Ihres Bruders, also Ihre eigene Schwester sein möchten und überzeugt wären, daß Ihre Schwester dafür der Bruder der Schwester, also der Bruder von Ihnen als Schwester ist. Habe ich mich klar ausgedrückt? Haben Sie Schwestern?

SANGUINETI Nein, erlauchter Professor, ich bin ein Einzelkind.

FREUD Eine scheußliche, gewöhnlich höchst pathogene Situation. Ich denke an Ihren Vater, den Ärmsten, der ganz schön was mitgemacht haben muß, denke ich. Hm, hm, von Ihrer armen Mutter gar nicht erst zu reden. Aber kommen wir zu unserer Tauschneurose zurück. Schreiben Sie sich das gut hinter die Ohren, mein lieber Besucher, daß der Arzt die Fragen stellt und der Patient antwortet. Und daß ich da bin, um zu fragen, um zu wissen, und daß ich dafür bezahlt werde, auch hier, jawohl mein Herr, ich werde hier einzig und allein für meine Fragezeichen bezahlt. Verstanden?

SANGUINETI Ja, ganz klar. Aber ich habe mich wohl nicht deutlich genug ausgedrückt, verzeihen Sie. Ich bin ganz aufgeregt und verwirrt. Und diese Couch . . .

FREUD Wieso? Was haben Sie denn gegen die Couch?

SANGUINETI Nichts. Ich meine nur, daß sie nicht gerade dazu angetan ist, die Situation angenehmer und entspannter zu machen.

FREUD Liegen Sie vielleicht nicht bequem?

SANGUINETI Doch, ich liege, das ist es ja gerade.

FREUD Ist die Couch vielleicht mit Stacheln gespickt?

SANGUINETI Nein, nein, das meine ich nicht. Ich meine nur, wenn wir bequem bei einem kühlen Bier im Sessel säßen und uns in die Augen blickten, wären wir beide besser dran. Aber das ist wirklich nicht so wichtig. Was ich Ihnen sagen möchte, ist etwas ganz anderes. Sie müssen nämlich wissen, daß ich seit langer, langer Zeit davon träume, Ihnen begegnen zu dürfen.

FREUD Sehr gut, da haben wir es, da haben wir es! Sehen

Sie, Sie sind mir sympathisch, gerade weil Sie eher schüchtern sind, und für die Schüchternen, verstehen Sie, die Introvertierten, wie jener Unglückselige sagte – aber lassen wir das – für solche Leute empfinde ich eine gewisse Zärtlichkeit – und deshalb will ich mit Ihnen mit offenen Karten spielen, natürlich nur soweit das möglich ist und die Berufsehre es zuläßt. Also, im Rahmen des Erlaubten werden wir vertraulich vorgehen, sozusagen im hellen Sonnenlicht, ist Ihnen das genehm? Um Ihr offensichtliches Unbehagen nicht noch zu steigern – ich sehe ja, wie Sie sich dort auf der Couch drehen und winden –, werde ich außerdem von Ihnen wie von einer dritten Person sprechen, über die wir uns ganz unter uns und im Vertrauen unterhalten, aus Lust am Klatsch, aus Freude am Schwatzen. Nennen wir Sie zum Beispiel Herr Zet, gefällt Ihnen das?

SANGUINETI Ja, ja, sehr gut.

FREUD Also, dann hören Sie mir zu: eines Tages schneit bei mir ein gewisser, nicht näher identifizierter Herr Zet herein, und bei einem kurzen Wortwechsel stellt sich sofort zweierlei heraus: erstens leidet er – das haben wir bereits festgestellt – an der wohlbekannten Tauschneurose, die symptomatisch auf der Achse Frage/Antwort anzusiedeln ist. Zweitens deutet er, wenn auch nur kurz, einen immer wiederkehrenden, vermutlich sogar zwanghaften Traum an, in dem ich, Freud, persönlich vorkomme. Über diesen Traum wissen wir bisher nur, daß sich Herr Zet anscheinend schon seit längerer Zeit nach nicht näher bestimmten Traumbegegnungen mit Freud sehnt.

SANGUINETI Nein, keine Traumbegegnungen.

FREUD Keine Traumbegegnungen?

SANGUINETI Nein, nein, wirkliche Begegnungen, so wie diese hier.

FREUD Sagten Sie wirkliche? Interessant. Aber Sie träumten doch – entschuldigen Sie, Herr Zet sagte, er träume, mir zu begegnen.

SANGUINETI Genau.

FREUD Er träumte von einer oder vielleicht auch mehreren Begegnungen mit mir.

SANGUINETI Ja.

FREUD Er träumte also, mir zu begegnen.

SANGUINETI Ja, ja.

FREUD Im Traum träumte er von einer Begegnung.

SANGUINETI Natürlich träumte er im Traum, aber im Traum war die Begegnung ganz wirklich. Er träumte genau das, was ich jetzt erlebe, was er, dieser Herr Zet da, jetzt gerade erlebt.

FREUD Entschuldigen Sie, ich muß mir eine Notiz machen. (Herr Zet träumt – zerstreuen Sie sich in der Zwischenzeit ein bißchen, entspannen Sie sich –, mir außerhalb des Traums zu begegnen und spricht von einer wirklichen Begegnung, Komma, die er jetzt gerade erlebt, Punkt. Im Lichte der obenerwähnten Grundneurose zeigt das Subjekt den heftigen Wunsch, Komma, sich mit ebendiesem Freud zu identifizieren, Doppelpunkt: Die Umkehrung von Frage, Schrägstrich, Antwort läßt sich daher als nur schlecht verdrängter Wunsch deuten, Freud zum Patienten zu machen und ihn einer Analyse zu unterziehen, Komma, wobei die Personen entsprechend vertauscht werden, Punkt.) Hm, Hm, ich habe ein paar Worte aufgeschrieben, kümmern Sie sich nicht darum und machen Sie weiter.

SANGUINETI Herr Professor, ich fühle mich so gehemmt.

FREUD Sagten Sie gehemmt?

SANGUINETI Ja, sicher, das müssen Sie doch verstehen.

FREUD Ist »gehemmt« ein Wort, das Sie häufig gebrauchen?

SANGUINETI Ich weiß nicht recht; ja, ich glaube schon.

Übrigens halte ich dieses Wort für ziemlich verbreitet und im üblichen Sprachgebrauch für ganz normal.

FREUD (Das Subjekt, Komma, macht sich bei seinem Identifikations- und Übertragungsprozeß unbefangen das analytische Vokabular zu eigen und erleichtert sich damit den Tausch und die Substitution, Punkt.) Sie fühlen sich also gehemmt?

SANGUINETI Neben Ihnen, Herr Professor, würde sich doch jeder gehemmt fühlen.

FREUD (Um sich von seinen Schuldgefühlen zu befreien, Komma, meint das Subjekt möglicherweise, Komma, daß der Wunsch, Anführungszeichen unten, Freud zu sein, Anführungszeichen oben, Komma, um ihm Fragen stellen zu können, Komma, nichts Geringeres als ein weltweites Leiden sei.) Gehemmt, gehemmt... und warum, bitteschön, fühlen Sie sich gehemmt?

SANGUINETI Aber Herr Professor, ein Mann wie Sie, mit einem Mann wie ich... Sie so vor mir, d. h. hinter mir zu sehen, ganz wirklich, und Sie hören mir zu und antworten mir... also da bleibt mir einfach die Sprache weg. Da fühle ich einen solchen Minderwertigkeitskomplex...

FREUD (Die Tauschneurose ist offensichtlich mit Widerständen verbunden, Komma, die der Patient in einer ziemlich geeigneten, wenn auch unrechtmäßig angeeigneten und daher normalerweise symptomatischen – ich unterstreiche *symptomatischen* – Sprache bezeichnet, indem er auf Minderwertigkeitskomplexe hinweist, Doppelpunkt.) Vielleicht wäre es gut, wenn wir eine erste Bilanz der Situation ziehen würden.

SANGUINETI Ziehen wir sie, wenn Sie meinen.
FREUD Ich glaube zu verstehen, daß Zet – entschuldigen Sie, soll ich Dr. Zet sagen?
SANGUINETI Wenn Ihnen das lieber ist.
FREUD Aber ja, sagen wir Dr. Zet. Ich glaube also zu verstehen, daß Dr. Zet seine Begegnung mit Freud als möglichen Personentausch, als regelrechte – übrigens als qualvoll und ungebührlich empfundene – Substitution des berühmten Wissenschaftlers auffaßt. Kurz ausgedrückt, Dr. Zet möchte meine Stelle einnehmen, sich mit mir identifizieren und mich meiner Persönlichkeit enteignen.
SANGUINETI Ist das möglich?
FREUD Unbestreitbar, würde ich sagen.
SANGUINETI Aber wenn dem so wäre, lieber Herr Profes-

»...ein Mann wie Sie, mit einem Mann wie ich... Sie so vor mir, d. h. hinter mir zu sehen, ganz wirklich, und Sie hören mir zu und antworten mir...«

sor, dann wäre das ja eine unerhörte Verrücktheit von diesem Zet.

FREUD (Zet beurteilt sein Verhalten als verrückt und mißbilligt es im selben Augenblick, Komma, in dem er es praktiziert, Absatz. Wir haben es hier also, Komma, anscheinend, Komma, mit einem embryonalen Stadium von Wunschverwirklichung zu tun, Komma, insofern als Zet, Komma, indem er sich selbst beurteilt, Komma, das Ziel der Substitution schon teilweise erreicht, Auslassungspunkte: er betrachtet sich also selbst bereits mit den Augen von Freud, Punkt.) Wenn ich nicht irre, sagten Sie, daß Sie Zet für einen verrückten Kerl halten.

SANGUINETI Das habe ich gesagt, um ganz klarzustellen, daß ich mit diesem Zet, von dem Sie sprechen, nichts zu tun habe.

FREUD (Die Entfremdung von der eigenen Persönlichkeit hat, Komma, bei Zet bereits zu einer Art völliger Spaltung geführt, Komma, weshalb er sich schon nicht mehr in sich selbst erkennt und jegliche Koinzidenz mit dem eigenen Ich zurückweist, Punkt.) Hören Sie mal, wir müssen uns etwas beeilen, sonst wird es eine lange Sitzung. Und ich glaube auch, daß ich fürs erste schon eine ganze Menge von Symptomen, Hinweisen und Hypothesen gesammelt habe. Wie haben Sie denn im Traum diesen Freud gesehen?

SANGUINETI Also, ich weiß nicht recht, wie ich Ihnen das, was ich gesehen habe, erklären soll. Es ist wie begraben in mir, ganz weit unten, tief unten in meinem Inneren. Ach ja, mir war in dem Traum, als würde ich Freud schon seit jeher kennen.

FREUD (Halten wir fest, Doppelpunkt, Eindruck von, Anführungszeichen unten, *déjà vu,* Anführungszeichen oben, *déjà vu* unterstrichen.) Sprechen Sie nur weiter, denken Sie nicht an mich.

SANGUINETI Ich muß einfach an Sie denken, ich kann nicht anders. Wie dem auch sei, ich verband Ihr Bild mit den erhabensten Gestalten, die mir in meinem armseligen Leben begegnet sind, und ich fühlte mich mit unwiderstehlicher, aber von seltsamer Angst begleiteter Kraft zu Ihnen hingezogen. Mir war, als müßte mich Ihre Gegenwart hoch über mich selbst emporheben, mich quasi sublimieren. Sehen Sie, für mich war Freud wie ein Vater.

FREUD Hoppla, habe ich richtig verstanden?

SANGUINETI Was verstanden?

FREUD Haben Sie »wie ein Vater« gesagt?

SANGUINETI Ja, und ich wüßte nicht, wie ich es anders ausdrücken sollte.

FREUD Oh weh, oh weh, oh weh!

SANGUINETI Was hat denn dieses Wehklagen zu bedeuten?

FREUD Es bedeutet leider, daß Ihr Fall hier abgebrochen werden muß. Denn es bedeutet, daß wir schon beim Üblichen angelangt sind, beim Vater, also beim Ödipus, beim Dreieck und all dem anderen. Und wenn wir bei all dem sind, dann ist eben Schluß. Ach Sie Ärmster, was für ein einfacher, was für ein durchsichtiger Fall Sie doch sind! Wenn Sie wollen, daß wir bei unserer Begegnung ein bißchen vorwärtskommen, auch nur ein winziges Stückchen, dann müssen wir zurückgehen, bevor auch noch Jokaste ankommt, werter Doktor, und es keine Hoffnung mehr für uns gibt. Kehren wir also schleunigst zu Ihrem Traum zurück und sehen wir, ob wir darin einen etwas problematischen Ausweg finden, eine interessante Verwicklung, eine etwas weniger banale Geschichte. Los, erzählen Sie mir in allen Einzelheiten, was in Ihrem Traum zu sehen war, vorwärts!

SANGUINETI Mir träumte, daß ich mich plötzlich vor

Freud, also vor Ihnen stehen sah, der mir gleich zurief: »Nur herein, kommen Sie bittesehr!« Er gab mir ein Zeichen näherzutreten. Er machte mir Mut und sagte: »Fühlen Sie sich wie zu Hause!« Und er erklärte mir, daß er jetzt Patienten empfange, wann er wolle. Und er erzählte mir von einem Messingschild an seiner Tür, dort im Jenseits, auf dem, glaube ich, so etwas stand wie »Ständige Sprechstunde, bei Tag und Nacht«. Dann fragte er mich, ob ich das Schild gesehen hätte, und ich sagte, ich hätte es gesehen. Ich erklärte ihm aber, daß ich gar kein Patient sei. Da sagte er, daß das alle behaupten, daß aber alle, ob tot oder lebendig, Patienten seien, im Diesseits wie im Jenseits. Und dann fing er an, mir Fragen zu stellen und fragte mich, was für Störungen ich hätte. Ich sagte ihm in ganz höflichem Ton, ich hätte keine Störungen, sondern möchte ihm Fragen stellen.

FREUD Entschuldigen Sie, lieber Zet, aber kommen wir jetzt bitte sofort und ganz schnell zum Schluß des Traums.

SANGUINETI Aber den Schluß habe ich nie gesehen, Herr Professor Freud. Immer bin ich vorher aufgewacht.

FREUD Also, dann passen Sie auf. Sie werden sehen, es geht ganz einfach. Sie heben jetzt langsam den Kopf von der Couch hoch, los, dann den Oberkörper, nur zu, bis Sie sich in sitzender Stellung befinden. Dann drehen Sie sich um und blicken mich an. Und wie es mit allen Schatten des Jenseits passiert, werde ich durchsichtig wie Wasser und löse mich ganz ruhig ins reine Nichts auf. Und dann, Herr Dr. Zet, werden Sie einen fürchterlichen Schrei ausstoßen, ein Wehklagen, aber leise, ein wenig gepreßt, fast dünn und zart, gerade wie Ihnen zumute ist, wie es am spontansten und natürlichsten aus Ihnen herauskommt, genauso wie es gerade jetzt aus Ihnen hervorquillt, aus Ihrem tiefsten Inneren, sehen Sie, Achtung, wenn Sie sich jetzt umdrehen und Ihre Augen mich suchen, ja, das ist es!

SANGUINETI Papa, Papa, Papa, Papa!

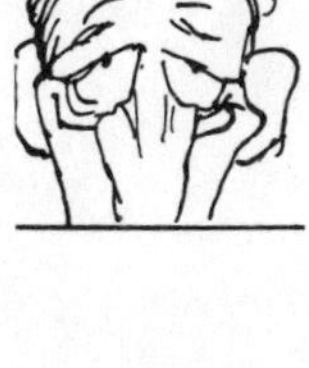

Zu den Autoren und ihren Gesprächspartnern

ALBERTO ARBASINO Geboren 1930 in Voghera. Journalist, Lyriker, Erzähler. Studierte Rechtswissenschaften; zeitweise Parlamentsabgeordneter der Republikanischen Partei. Lebt in Rom.
Fratelli d'Italia (1963); *Certi romanzi* (1964); *Super-Eliogabalo* (1969); *La bella di Lodi* (1972). *Fantasmi italiani* (1977); *Un Paese senza* (1980); *Matinée* (1983); *Parigi o cara* (1995).

PELLEGRINO ARTUSI 1820–1911, Gastronom. Autor des berühmtesten italienischen Kochbuchs, das immer wieder neu aufgelegt wurde: *La scienza in cucina e l'arte di mangiar bene*.

ITALO CALVINO Geboren 1923 in Santiago de las Vegas (Kuba), wuchs in Sanremo (Ligurien) auf. Literaturstudium. Lektor und Zeitschriftenredakteur in Turin. Lebte viele Jahre in Paris, zuletzt in Rom. Starb 1985 in Siena.
Il visconte dimezzato (1952, deutsch: *Der geteilte Visconte*); *Il barone rampante* (1957, deutsch: *Der Baron auf den Bäumen*); *Il cavaliere inesistente* (1959, deutsch: *Der Ritter, den es nicht gab*); *Marcovaldo* (1963, deutsch unter dem gleichen Titel); *La giornata d'uno scrutatore* (1963, deutsch: *Der Tag eines Wahlhelfers*); *Le cosmocomiche* (1965, deutsch: *Kosmokomische Geschichten*); *Le città invisibili* (1972, deutsch: *Die unsichtbaren Städte*); *Il castello dei destini incrociati* (1973, deutsch: *Das Schloß, darin sich die Schicksale kreuzen*); *Se una notte d'inverno un viaggatore* (1979, deutsch: *Wenn ein Reisender in einer Winternacht*); *Una pietra sopra* (1980, deutsch: *Kybernetik und Gespenster*); *Palomar* (1983, deutsch: *Herr Palomar*); *Collezione di sabbia* (1984, deutsch: *Gesammelter Sand*). – Deutsche Auswahlbände: *Die überfallene Konditorei*, *Die argentinische Ameise*, *Das giftige Kaninchen*, *Abenteuer eines Lesers*, *In der Sonne des Jaguar*.

GUIDO CERONETTI Geboren 1927 in Turin. Schriftsteller, Übersetzer und Journalist. Lebt in Rom.
Difesa della luna (1971); *Aquilegia* (1973); *La carta è stanca* (1976); *La musa ulcerosa* (1978); *Il silenzio del corpo* (1979, deutsch: *Das Schweigen des Körpers*); *Poesie per vivere e non vivere* (1979); *La vita apparente* (1982); *Un viaggio in Italia* (1983, deutsch: *Albergo Italia. Meine italienische Reise*).

UMBERTO ECO Geboren 1923 in Alessandria. Schriftsteller und Kritiker. Professor für Semiotik in Bologna. Lebt in Mailand.
Opera aperta (1962, deutsch: *Das offene Kunstwerk*); *Apocalittici e integrati* (1964, deutsch: *Apokalyptiker und Integrierte*); *La struttura assente* (1968, deutsch: *Einführung in die Semiotik*); *Segno* (1973, deutsch: *Zeichen*); *Sette anni di desiderio* (1983, deutsche Auswahl aus den drei zuletzt genannten Bänden: *Über Gott und die Welt*); *Il nome della rosa* (1983, deutsch: *Der Name der Rose*); *Postille a ›Il nome della rosa‹* (1983, deutsch: *Nachschrift zum ›Namen der Rose‹*); *Il pendolo di Foucault* (1988, deutsch: *Das Foucaultsche Pendel*); *L'isola del giorno prima* (1994, deutsch: *Die Insel des vorigen Tages*).

ANTONI GAUDÍ Y CORNET Geboren 1852 in Reus, gestorben 1926 in Barcelona. Architekt, schuf den ›neukatalanischen Baustil‹, eine eigenwillige spanische Parallele zum mitteleuropäischen Jugendstil. Bekanntestes Werk ist die 1903 begonnene große Kirche der ›Sagrada Familia‹ in Barcelona, die Fragment blieb.

SIGMUND FREUD Geboren 1856 in Freiburg (Mähren), gestorben 1939 in London. Begründer der Psychoanalyse.

LUDWIG II. Geboren 1845 in Nymphenburg, 1886 im Starnberger See ertrunken. 1864 bis 1886 König von Bayern.

LUIGI MALERBA Geboren 1927 in Berceto bei Parma. Schreibt Prosa, Hörspiele, Drehbücher. Lebt in Rom und Orvieto.
La scoperta dell' alfabeto (1963, deutsch: *Die Entdeckung des Alphabets*); *Il serpente* (1966, deutsch: *Die Schlange*); *Il protagonista* (1973, deutsch: *Der Protagonist*); *Mozziconi* (1975, deutsch: *Geschichten vom Ufer des Tiber*); *Le galline pensierose* (1980, deutsch: *Die nachdenklichen Hühner*); *Diario di un sognatore* (1981, deutsch: *Tagebuch eines Träumers*); *Storiette* (1977) und *Storiette tascabili* (1984, beide Bände deutsch: *Taschenabenteuer*); *Il fuoco greco* (1990, deutsch: *Das griechische Feuer*); *Le pietre volanti* (1992, deutsch: *Die fliegenden Steine*); *Le maschere* (1995, deutsch: *Die nackten Masken*).

GIORGIO MANGANELLI Geboren 1921 in Mailand. Studierte englische Literatur. Schriftsteller und Kritiker. Zahlreiche Reisen. Lebt in Rom.
Hilarotragoedia (1964, deutsch: *Niederauffahrt*); *Nuovo commento* (1969, deutsch: *Omegabet*); *Agli dèi ulteriori* (1972, deutsch: *An künftige Götter*); *Lunario dell' orfano sannita* (1973); *A e B* (1975); *Sconclusione* (1976, deutsch: *Unschluß*); *Pinocchio: un libro parallelo* (1977); *Centurio* (1979, deutsch: *Irrläufe*); *Amore* (1981, deutsch unter dem gleichen Titel); *Dall' inferno* (1985, deutsch: *Aus der Hölle*). – Deutsche Auswahlbände: *Manganelli furioso* und *Giorgio Manganelli's Lügenbuch*.

MARIA SOPHIE Geboren 1841 in München, gestorben daselbst 1925. Seit 1859 mit König Franz II. vermählt. Letzte Königin beider Sizilien.

NEANDERTALER Auch ›Homo sapiens neandertalensis‹ genannt. Lebte im Diluvium, der letzten Eiszeit. 1856 wurde sein bruchstückhaftes Skelett im Neandertal, einem Tal der Düssel zwischen Düsseldorf und Eberfeld, geborgen.

PLINIUS DER ÄLTERE Geboren 23 oder 24 n. Chr. in Comum (heute Como), 79 n. Chr. beim Ausbruch des Vesuv umgekommen. Der größte Teil seiner Schriften ist verloren. *Naturalis historia* (37 Bände).

PYTHAGORAS Philosoph und Mathematiker aus Samos, lebte im 6. Jh. v. Chr.

EDOARDO SANGUINETI Geboren 1930 in Genua. Lyriker, Erzähler, Kritiker. Professor für Literaturwissenschaft, war Stadtrat in Genua und Parlamentsabgeordneter der KPI. Lebt in Genua.
Capriccio italiano (1963, deutsch unter dem gleichen Titel); *Gioco dell'oca* (1967, deutsch: *Gänsespiel*); *Catamerone. 1951–1971* (1974); *Giornalino* (1977); *Giornalino secondo* (1979); *Segnalibro* (1982). – Deutsche Gedichtsauswahl: *Reisebilder*.

LEONARDO SCIASCIA Geboren 1921 in Recalmuto, Sizilien. War Lehrer, Stadtrat von Palermo und Parlamentsabgeordneter der KPI. Starb 1989 in Palermo.
Il giorno della civetta (1961, deutsch: *Der Tag der Eule*); *A ciascuno il suo* (1966, deutsch: *Tote auf Bestellung*); *Il contesto* (1971, deutsch: *Tote Richter reden nicht*); *Il mare colore del vino* (1973); *Todo modo* (1974, deutsch unter dem gleichen Titel); *La scomparsa di Majorana* (1975, deutsch: *Der Fall Majorana*); *Candido ovvero Un sogno fatto in Sicilia* (1977, deutsch: *Candido oder ein Traum in Sizilien*); *L'affare Moro* (1978, deutsch: *Die Affäre Moro*); *La sentenza memorabile* (1982, die beiden zuletzt genannten in deutsch unter dem Titel: *Aufzug der Erinnerungen*); *Occhio di capra* (1984); *Stendhal e la Sicilia* (1984, deutsch: *Stendhal und Sizilien*); *Un caso semplice* (1988, deutsch: *Ein einfacher Fall*); *Il cavaliere e la morte* (1989, deutsch: *Der Ritter und der Tod*).

EDITORISCHE NOTIZ

Die *Unmöglichen Interviews* sind dem Band *Le interviste impossibili* entnommen, der 1975 bei Bompiani in Mailand erschien; sie waren zuvor vom staatlichen Rundfunk Italiens, der RAI, gesendet worden. Eine Ausnahme bildet das Gespräch mit Antoni Gaudí y Cornet: es ist Giorgio Manganellis Prosaband *A & B* entnommen, der, ebenfalls 1975, bei Rizzoli in Mailand erschien ist.

BILDNACHWEIS

S. 2 rechts oben: Vincenzo Flore. S. 2 links mitte: Renate v. Mangoldt. S. 2 links unten, S. 61: Fausto Giaccone. S. 13, 55: Isolde Ohlbaum. S. 22, 53 rechts: Einaudi, Turin. S. 23: Herbert Distel. S. 31 rechts, 39, 42 rechts: Bildarchiv Preußischer Kulturbesitz, Berlin. S. 42 links: Benziger Verlag. S. 53 links: Archiv für Kunst und Geschichte, Berlin. S. 58: Zeitgenössische Postkarte. S 61, 63 links, 67: Aus L. Hüttl, *Ludwig II., König von Bayern*, München (Bertelsmann) 1986. S. 73 rechts: Aus G. Sterner, *Barcelona / Antoni Gaudí*, Köln (DuMont) 1979. S. 82 rechts: Tullio Pericoli. S. 85 links, 88: Sigmund Freud Copyright Ltd, London